SAINT URSIN

APOTRE DU BERRY,

AVEC UNE INTRODUCTION,

Par l'Abbé de **LUTHO**,

VICAIRE-GÉNÉRAL.

BOURGES,

E. PIGELET, IMPRIM. DE L'ARCHEVÈCHÉ,

RUE JACQUES-COEUR, 9.

—

1858.

SAINT URSIN

APOTRE DU BERRY.

SAINT URSIN

APOTRE DU BERRY,

AVEC UNE INTRODUCTION,

Par l'Abbé de **LUTHO**,

VICAIRE-GÉNÉRAL.

BOURGES,

E. PIGELET, IMPRIM. DE L'ARCHEVÈCHÉ,

RUE JACQUES-COEUR, 9.

—

1858.

A Son Eminence Monseigneur le Cardinal Du Pont, Archevêque de Bourges.

MONSEIGNEUR,

Votre Eminence a bien voulu lire avec quelque intérêt le petit travail que j'ai eu l'honneur de lui soumettre : en me permettant de le publier sous ses auspices, elle en assurera le succès. Digne successeur de saint Ursin, vous continuez, vous perpétuez parmi nous son Apostolat : avec quel zèle et quel dévouement, au prix de quels sacrifices, c'est ce que dit assez la création de ce magnifique établissement où, grâce à une habile culture, croîtront sans cesse les jeunes plantes qui doivent s'épanouir un jour dans le sanctuaire et répandre au loin la bonne odeur de Jésus-Christ. Inestimable bienfait dont l'Église fondée par saint Ursin doit par la suite recueillir tant de fruits, et qui par là même donne à votre Eminence des titres imprescriptibles à l'éternelle reconnaissance du clergé et des fidèles.

C'est en vous priant de bénir le livre et l'auteur, que je suis avec un profond respect,

MONSEIGNEUR,

de votre Eminence,

Le très-humble et très-obéissant serviteur,

C.-A. DE LUTHO, *vic. gén.*

Bourges, 1er Mai 1858.

INTRODUCTION.

I.

PRÉDICATION DE L'ÉVANGILE DANS LES GAULES.

Que la foi ait pénétré dans les Gaules, et que l'Évangile y ait été prêché dès l'origine même du Christianisme, c'est une vérité incontestable, à l'appui de laquelle on peut produire le témoignage de saint Paul (1). Dans son épître aux Colossiens, il affirme que l'Evangile qui leur a été enseigné est annoncé à toutes les créatures qui sont sous le ciel, et il tient aux

(1) Col. I. 23. Rom. I. 8.

Romains le même langage, déclarant en termes formels que la foi qu'ils professent est prêchée dans le monde entier. Or ces paroles doivent au moins s'entendre du monde connu des Romains, des diverses provinces de leur empire. Parmi ces provinces, la Gaule n'occupait pas le moindre rang ; elle était assez célèbre et assez voisine de l'Italie, pour appeler tout d'abord les regards des ouvriers évangéliques. Ils ne pouvaient négliger un si beau champ ; nul doute que, dès le principe, ils n'aient cherché à lui faire porter des fruits de salut. Peut-être même saint Paul y répandit-il la première semence. Car, selon le sentiment de plusieurs Pères, il aurait, après sa première captivité, effectué le voyage qu'il avait projeté, et se serait rendu de Rome en Espagne, en passant par les Gaules. Or chacune des étapes du grand Apôtre était marquée par la prédication. Il ne pouvait s'arrêter en un lieu quelconque, sans y évangéliser. Il paraît d'ailleurs certain que saint Luc et quelques autres disciples de saint Paul ont prêché la foi dans les Gaules. On ne voit pas qu'on puisse raisonnablement s'inscrire en faux contre saint Epiphane qui le dit formellement (1).

Les écrivains de l'antiquité chrétienne supposent que la foi florissait dans nos contrées bien avant le troisième siècle. C'est ainsi que saint Irénée (2) nous montre la foi propagée jusqu'aux extrémités du monde, et la doctrine des Apôtres et de leurs disciples partout admise, partout professée ; la communauté de croyance et d'enseignement de toutes les églises dans la Germanie, en Espagne et parmi les Celtes, c'est-à-dire les Gaulois. Donc au

(1) Hœres. 51.
(2) Adversus hœres. libr. I. cap. V.

second siècle des églises étaient fondées dans les Gaules. Saint Irénée nous en fournit lui-même une nouvelle preuve, puisqu'on le voit assembler des conciles : ce qui suppose des siéges et des évêques établis en plusieurs lieux. Tertullien confirme cette vérité dans le traité qu'il composait vers l'an 200 contre les Juifs (1). Il leur fait voir l'accomplissement des prophéties dans la propagation de l'Evangile d'un bout du monde à l'autre. Tous les peuples, dit-il, ont entendu parler de Jésus-Christ : tous ont cru en lui. Les Apôtres, ses prédicateurs, sont marqués dans les psaumes : C'est bien d'eux qu'il est dit que leur voix a retenti par toute la terre, et que leur parole a pénétré jusqu'aux confins de l'Univers. Enumérant tous les pays qui sont soumis à l'Evangile, il

(1) **Adversus Jud. VII.**

nomme les diverses nations des Gaules, et ajoute que les lieux même inaccessibles à la domination romaine sont conquis à Jésus-Christ, et que dans les régions les plus lointaines, les moins connues, le nom du rédempteur a été proclamé et son règne établi. Il y avait donc déjà dans nos contrées des églises et de nombreux fidèles.

Néanmoins les progrès de la foi avaient d'abord été peu rapides. C'est ce qui autorise Sulpice Sévère à dire (1) que ce fut seulement sous Marc-Aurèle que l'on vit des martyrs dans les Gaules, parce que la vraie religion n'avait été embrassée que plus tard au-delà des Alpes. Il ne faudrait pas conclure de là qu'il n'y aurait eu avant cette époque ni chrétientés ni martyrs. Ce serait donner aux paroles de l'écrivain un sens qu'elles ne peuvent

(1) Hist. Sac. lib. II. Cap. XLVI.

avoir ; pareille assertion porterait avec elle son démenti : le contraire est avéré. Mais les conquêtes de l'Évangile ont été lentes et presque insensibles. Les prosélytes étaient en petit nombre ; le grain de senevé ne se développait que peu à peu; jusque-là il n'étendait pas ses rameaux ; il échappait en quelque sorte aux regards : des commencements si faibles l'empêchaient de faire ombrage. C'était une sauvegarde contre les violences. Néanmoins le sang coula plus d'une fois ; mais le plus souvent ce ne fut point par l'effet de condamnations juridiques, en vertu de persécutions légalement organisées. La plupart des saints Apôtres et des pieux fidèles qui furent immolés périrent victimes des passions populaires soulevées par la haine et la prévention. Tout s'était donc jusqu'alors borné à quelques faits isolés, à quelques scènes sanglantes auxquelles l'autorité publique n'avait jamais pris part, et dont le bruit, concentré d'ordinaire dans les lieux mêmes qui en avaient été les témoins, allait s'affaiblissant bien vite pour se perdre peu après dans le silence d'un oubli total. Il eût fallu une plume et des archives afin de consigner par écrit ces événements et d'en perpétuer ainsi le souvenir exact. Or c'était là ce qui manquait à ces poignées de chrétiens qui vivaient parmi des populations toutes païennes. Généralement peu lettrés, ils avaient d'ailleurs d'autres soins, d'autres pensées, en butte comme ils l'étaient, à tant de vicissitudes.

Comme aucun empereur n'avait encore porté d'édit spécial pour les Gaules, et que si les chrétiens y avaient été persécutés en divers temps et en divers lieux, ces persécutions partielles n'avaient eu qu'un caractère privé, et s'étaient faites sans beaucoup d'éclat et de retentissement, Sulpice-Sévère a pu dire avec vérité que sous Marc-Aurèle seulement on vit dans les Gaules des martyrs, c'est-à-dire, des chrétiens, comme tels, traînés devant les tribunaux, torturés en vertu des lois, et au nom du pouvoir même. Les martyrs de cette sorte furent en effet les premiers qui se virent dans nos contrées. Jusque là tout au plus quelques actes de rigueur pouvaient-ils être comme un contre-coup des persécutions exercées au centre même de l'empire, résultat naturel d'un zèle toujours empressé à servir d'aveugles préjugés et des instincts cruels, et qui, en sévissant ainsi sans un ordre direct, savait ne point déplaire à César, et, loin de jamais craindre d'être désavoué et puni, devait plutôt s'en faire un titre à la faveur.

Dès les premiers temps du Christianisme, les Gaules avaient eu leurs Apôtres. Ces hommes évangéliques s'étaient dirigés vers les principales cités ; et ils y avaient fondé des églises. Quelque petit que fut un troupeau, il avait son pasteur. C'est ce qui s'est pratiqué tout d'abord : saint Luc, dans ses actes, et saint Paul dans ses épîtres, en font foi ; et pour demeurer convaincu que la plus faible chrétienté avait son évêque, il suffit de se rappeler ce qu'on lit dans la vie de saint Grégoire Thaumaturge. Ce saint évêque, près de mourir, rend grâces à Dieu de ce que n'ayant trouvé dans sa ville épiscopale que dix-sept fidèles, au commencement de son épiscopat, il n'y laissait que le même nombre d'infidèles.

Qu'on entende maintenant les évêques de la province d'Arles (1), dans leur supplique au pape saint

(1) Oper. S. Leon. t. II. p. 539. ed. 1675.

Léon le Grand pour le rétablissement des anciens priviléges de leur métropole, proclamer hautement comme une tradition constante, comme un fait connu de toute la Gaule, et dont le Saint-Siége ne peut ignorer, que saint Trophime a été envoyé à Arles par saint Pierre, qu'il en a été le premier évêque, et que c'est là le canal par lequel la foi s'est avec le temps communiquée de proche en proche, dans toute la contrée. Voilà, disent-ils, l'origine des antiques priviléges de l'église d'Arles, priviléges confirmés par tous les prédécesseurs de votre sainteté : vous en avez des preuves indubitables dans les archives de l'église romaine. C'est sur la mission que saint Trophime a reçue des saints Apôtres que reposent tous les droits de l'église d'Arles ; elle les tient de cet avantage insigne au même titre que la sainte église romaine tient de saint

Pierre sa suprématie et sa juridiction sur le monde entier ; et c'est au nom de la raison et de la justice que ces évèques réclament ainsi. L'origine Apostolique de l'église d'Arles était donc alors de notoriété publique. Ce qui se peut affirmer de cette église doit s'affirmer également de celles qui ont été fondées par les ouvriers évangéliques faisant partie de la même mission que saint Trophime.

Ce n'est donc pas en vain que les principales églises des Gaules revendiquaient une origine Apostolique. Une tradition constante justifiait la légitimité de leurs prétentions à cet insigne honneur. Cependant la critique des derniers siècles s'est crue en droit de les déposséder de leur titre de gloire, et malheureusement beaucoup de ces églises se sont laissé dépouiller de ce noble héritage avec une facilité qui étonne, et ont fait elles-mèmes bon marché d'une prérogative qu'elles auraient dû être plus jalouses de conserver. Mais aujourd'hui il se fait une réaction salutaire; et un examen plus approfondi ramène à une tradition vénérable qui avait été trop légèrement abandonnée. La chaîne du passé se renoue, et une glorieuse antiquité qu'avait fait sacrifier un déplorable entraînement, est de nouveau reconnue comme un bien qui ne pouvait être aliéné.

Ceux qui contestent cette antiquité sont forcés de convenir qu'il y a eu tout d'abord des évêques dans les Gaules; mais ils refusent d'admettre comme appartenant aux temps Apostoliques aucun des noms qui leur sont présentés, parce que, suivant eux, il faut leur assigner une époque beaucoup plus récente. Singulier raisonnement qui va à conclure que ces premiers évêques dont l'existence est avérée n'ont laissé d'eux aucun souvenir, et sont demeurés tous inconnus, et que c'est par le fait d'une erreur universelle qu'on s'est plu à leur attribuer ce qui appartient en réalité à d'autres qui sont venus longtemps après ! On dirait presque la manière de raisonner de certaines gens qui, admettant les miracles en général, les nieraient tous en détail.

C'est sur la foi de saint Grégoire de Tours que la célèbre mission des sept évêques envoyés de Rome pour évangéliser les Gaules, avait été reportée au règne de l'empereur Dèce. Or les plus judicieux critiques qui s'autorisaient de ce texte, se sont bien gardés de s'en tenir rigoureusement à l'époque indiquée, parce qu'il y ont vu des difficultés tellement graves qu'elles leur paraissaient presque insolubles. Comment en effet, au moment où dans tout l'empire sévissait la plus horrible des persécutions, lorsque le Pape Fabien lui-même était immolé, et que le clergé romain laissait durant seize mois vaquer le Saint-Siége, sans oser nommer un nouveau pape, jusqu'à la mort du tyran qui s'attaquait surtout aux évêques, et n'en voulait point souffrir à Rome, comment eût-il été possible dans des conjonctures si critiques d'organiser cette grande mission, et d'envoyer cette sainte phalange composée d'un nombreux personnel, puisque chacun des sept évêques était accompagné de plusieurs ouvriers apostoliques ? Est-il présumable que tant d'étrangers auraient pu franchir les distances, et pénétrer au centre même du pays, sans éveiller les soupçons, et encourir toute l'animadversion des lois. Il y aurait eu pour eux danger imminent d'être découverts dès le premier pas ; à moins d'un miracle, ils n'y pouvaient échapper, et ils devaient consommer leur martyre avant d'avoir commencé leur mission. Car il ne faut pas oublier que partout alors grondait l'orage, que partout se dressaient les échafauds, et coulait à flots le sang chrétien. Tant d'invraisemblances choquantes n'étaient guère soutenables ; et c'est pour cela que ces habiles critiques pensent qu'il ne faut pas s'arrêter absolument au règne de Dèce pour y mettre la venue des Evêques, et qu'ils regardent comme probable qu'elle a eu lieu quelques années plus tôt, pendant la paix de l'Eglise, sous l'empereur Philippe. Ainsi l'autorité de saint Grégoire est en partie abandonnée ; c'est en atténuer singulièrement la force, c'est même l'infirmer à peu près.

D'ailleurs quel fond faire sur un écrivain à qui on est en droit de reprocher tant d'inexactitudes et d'anachronismes? Ici même l'assertion sur laquelle on se fonde, ne repose que sur une seule pièce dont la valeur n'est pas hors de toute contestation. Mais fallut-il admettre comme certaine l'époque indiquée par les actes de saint Saturnin, comme il n'y est fait aucune mention des autres évêques, il ne s'en suivrait pas qu'ils fussent venus dans le même temps. Si saint Grégoire a cru devoir assigner à leur venue la même date, c'est sans preuve positive, par une simple induction. Ce sentiment lui aura paru plus probable, et il l'aura adopté. Encore il n'a pas toujours pensé de même, non seulement sur la mission des évêques, mais sur celle de saint Saturnin auquel, dans un autre de ses ouvrages (1), il attribue une origine beaucoup plus ancienne, se contredisant ainsi lui-

(1) Mirac. lib. I. Cap. XLVIII.

même. Il y dit de ce saint qu'il a été ordonné par les disciples des Apôtres; il est vrai de dire qu'il donne la tradition pour garant du fait, mais on aurait tort de voir dans cette manière de s'exprimer une forme dubitative qui indique que l'auteur était loin de regarder cette opinion comme certaine. Cette façon de s'énoncer est familière à cet écrivain, et chez lui elle marque plutôt qu'elle n'exclut la certitude. Il ne doute point assurément que saint Gatien ne soit le premier évêque de Tours, et néanmoins, en en parlant (1), il se sert d'une formule analogue. Le fait est avéré, mais, s'il le reconnaît comme tel, c'est encore sur la foi de la tradition.

Une des principales causes qui ont fait rapprocher plus ou moins la venue des premiers évêques dans

(1) De glor. conf. cap. IV.

les Gaules, c'est qu'on s'est figuré que les siéges une fois établis avaient dû être depuis constamment pourvus. Comme les noms inscrits dans les dyptiques de chaque église ne suffisaient pas pour remplir cette longue période, on en a conclu que le premier anneau de la chaîne ne remontait pas si haut. En supposant une origine moins ancienne, presque tous les vides se comblaient, et les évêques se succédaient à peu près sans interruption. Or, avec les seules données de l'histoire, il est aisé de montrer que ce système n'est point admissible.

Le règne de Claude avait été le plus favorable à la diffusion de l'Evangile. Les chrétiens, sous ce règne, jouirent d'une assez longue tranquillité, et l'Eglise naissante put s'étendre et se fortifier avant l'ère des persécutions. L'édit de cet Empereur qui obligeait tous les

Juifs à sortir de Rome, contribua à l'extension du Christianisme, puisque les saints Apôtres et les premiers prosélytes, pour la plupart d'origine juive, se trouvant atteints par cet édit, durent se disséminer en divers pays où ils portèrent avec eux le flambeau de la foi. L'œuvre commencée alors put se poursuivre avec assez de succès au milieu d'un calme prolongé pendant les premières années de Néron, dont les dispositions avaient été d'abord assez bienveillantes pour les Juifs.

Mais il ne faut pas oublier que dans le principe la religion ne fit que de faibles progrès dans les Gaules. Les violentes persécutions qui vinrent ensuite durent amener, dans plusieurs villes, sinon l'extinction totale du Christianisme, du moins l'interruption du Sacerdoce. Il y a même des preuves certaines de la cessation de l'Episcopat dans quelques cités principales. On ne saurait donc s'étonner des lacunes qui existent ; elles s'expliquent assez d'elles-mêmes. Une succession régulière et non interrompue, dans de semblables circonstances, devrait assurément surprendre. Ce serait un miracle ; or il est positif que ce miracle n'a pas eu lieu; mais après un intervalle plus ou moins long, de nouveaux Apôtres sont venus remplacer les premiers, après avoir reçu la même mission. Ils la tenaient tous du siége Apostolique ; car le pape Innocent Ier assure, et c'est un fait reconnu de tous, que les prédicateurs qui ont porté la foi dans les Gaules, y ont tous été envoyés par saint Pierre ou par ses successeurs. L'Eglise Romaine est donc, à un titre de plus, l'Eglise Mère pour l'Eglise des Gaules qui lui doit tous ses Apôtres, sans excepter saint Pothin; car l'illustre disciple de saint Polycarpe, venant d'Asie, n'est allé à Lyon qu'après s'être arrêté à Rome où sa mission lui a été donnée.

Comme les papes, pendant les premiers siècles, ne cessaient de pourvoir à des besoins qui étaient l'objet constant de leur sollicitude, l'envoi successif d'hommes apostoliques est devenu plus tard une source de méprises et d'erreurs. Rien n'avait été primitivement écrit, ou ne s'était conservé. Les traditions ne furent recueillies que longtemps après, et d'une manière fort incomplète ; le défaut de documents authentiques devait laisser beaucoup de vague et d'incertitude : on fut souvent exposé à confondre les époques. Quoi qu'il en soit, les lacunes, dans la succession des Evêques, ne prouvent rien contre l'origine Apostolique des Églises. Ces lacunes mêmes sont peut-être beaucoup moins considérables qu'on ne le suppose. Dans ce laps de temps, parmi tant de vicissitudes, bien des souvenirs ont dû s'effacer, bien des noms tomber dans l'oubli. Saint Grégoire nous en fournit une preuve indubitable. par rapport à son Eglise même dont il était mieux à portée de connaître l'histoire (1). Pourquoi entre saint Gatien et saint Martin ne place-t-il qu'un seul Évèque, saint Lidoire, et encore sans pouvoir rien dire de cet Évêque, sinon qu'il avait fait construire une église à Tours ? Il en donne une raison ; c'est que la ville resta longtemps sans pasteur par suite de toutes les persécutions auxquelles y étaient en butte les Chrétiens, et la vacance aurait duré trente-sept ans. Mais la raison qu'il donne n'est pas la meilleure ; s'il ne cite que deux noms, c'est qu'il ne sait rien de plus. Il en aurait

(1) Hist. Libr. x.

eu assurément d'autres à ajouter à ceux-là, si la mémoire des successeurs de saint Gatien n'avait entièrement péri avec le temps dans une ville toute peuplée de païens.

On peut apporter à l'appui de cette assertion (1) le témoignage de Sulpice-Sévère qui est plus ancien que saint Grégoire. Qu'on lise en effet, dans cet écrivain, la suppression que fit saint Martin d'un oratoire qui avait été bâti sur le tombeau d'un criminel qu'on avait pris par erreur pour un martyr ; on verra qu'il y est dit que cet oratoire avait été dédié par les Evêques prédécesseurs de saint Martin. Or il est évident qu'on ne peut placer parmi les Evêques dupes de la crédulité publique, saint Gatien lui-même qui, ayant prêché le premier la foi dans le pays, et n'y ayant opéré qu'un

(1) Sulp. Sev. Vit. S. Mart. VIII.

petit nombre de conversions, ne pouvait tomber dans une si grossière méprise. Il y a donc eu entre lui et saint Martin plusieurs Evêques. Saint Grégoire est réfuté par Sulpice-Sévère, et l'on est en droit de conclure que, selon toute apparence, les Evêques dont les noms sont connus, ne sont pas les seuls qui aient réellement siégé. Ainsi, comme on le voit ici pour Tours, partout ailleurs, les lacunes dans la succession des Pasteurs, ont pu être beaucoup moindres qu'elles ne le paraissent, à en juger par l'absence de noms pour combler les vides. Mais quelque considérables qu'aient été ces lacunes, les Eglises qui peuvent légitimement prétendre à une origine Apostolique, n'en demeurent pas moins en possession de leur glorieux privilége dont les titres sont d'une incontestable valeur. L'Eglise de Bourges est de ce nombre. Capitale d'une des quatre grandes provinces qui partageaient alors les Gaules, elle méritait bien cet honneur.

II.

AUTORITÉ DES ANCIENS ACTES DE S. URSIN.

Les anciens actes (1) de l'Apôtre du Berry paraissent dignes de confiance. Le ton de l'auteur est grave et pieux, il ne charge point son récit de faits merveilleux. Il a dû écrire vers la fin du cinquième ou au commencement du sixième siècle ; sa manière de s'exprimer est conforme à celle des écrivains de cette époque. Il expose avec plus de détails que saint Grégoire le peu de circonstances qu'ils rapportent,

(1) Ces actes sont tirés d'un manuscrit de l'abbaye Saint-Germain-des-Prés, conservé aujourd'hui à la Bibliothèque Impériale, et qui fut peint au dixième siècle d'après un autre plus ancien, ainsi que l'indiquent les diverses aberrations de copiste qu'on y rencontre. M. l'abbé Faillon en a publié le texte dans le second volume des *Monuments inédits de l'Apostolat de sainte Madeleine*.

l'un et l'autre, de la vie du saint Evêque. Mais on doit remarquer qu'il a passé sous silence deux des plus importantes mentionnées par celui-ci : la première que Léocade était de la famille de Vettius Epagathe, martyrisé à Lyon avec saint Pothin ; la seconde, que le corps de saint Ursin fut miraculeusement découvert, au milieu du sixième siècle, en vertu d'une révélation, et honoré alors d'un culte public. Cependant c'étaient là des circonstances qui devaient naturellement trouver leur place sous sa plume. Quand il dit que Léocade justifie en sa personne les paroles du prophète : mon âme vivra pour Dieu et ma postérité le servira ; puisque, d'après lui, Léocade était l'aïeul ou le bisaïeul d'Epagathe, c'était le cas de montrer dans ce glorieux rejeton l'accomplissement littéral de l'oracle sacré. Tandis qu'il parle de la mort de saint Ursin, qu'il en marque même le jour, il ne dit rien de la découverte du corps du saint évêque, ni de sa sépulture, ni de son culte; pas un mot non plus de la belle cathédrale dont saint Grégoire fait un pompeux éloge à l'occasion du palais donné par Léocade. Que conclure de là, sinon que l'auteur des actes est antérieur à saint Grégoire dont il n'a pu par conséquent connaître les écrits; et que, si cet auteur n'a point parlé de certains faits qu'il n'aurait pu d'ailleurs ignorer, c'est que ces faits ne s'étaient pas encore produits.

Au contraire, les actes ont été connus de saint Grégoire, et ils ne lui ont pas été inutiles. C'est là d'abord qu'il a pris ce qu'il dit de la mission des sept Evêques. Il ne donne de détails que sur saint Saturnin et sur le fondateur de l'église de Bourges; son silence sur les autres ne s'explique que par l'absence de documents. Il ne dit en effet que ce qu'il a trouvé dans les actes de saint Saturnin et ceux de saint Ursin ; et là où ils se taisent, il se tait lui-même. Il est bon de remarquer que ces derniers actes sont le seul monument où l'on voit saint Denis de Paris associé aux six autres Evêques. Or saint Grégoire sachant que saint Denis n'était venu dans les Gaules qu'après la mort de saint Pierre, a conclu que les actes de saint Ursin étaient fautifs en ce point, et comme il lisait dans ceux de saint Saturnin mentionné parmi les sept Evêques, qu'il avait souffert sous le règne de Dèce, cette date lui a paru l'époque véritable de toute la mission qu'il a dès lors placée sous cet Empereur. Il s'est en cela singulièrement mépris, et, au lieu de rectifier une erreur, il n'a fait qu'en ajouter une nouvelle.

Il faut observer qu'il ne nomme aucun autre compagnon des sept Evêques, quoiqu'il ne put ignorer que plusieurs d'entre eux en avaient amené pour partager leurs travaux. Il ne dit pas même un mot de saint Rustique et de saint Eleuthère, si connus d'ailleurs, ni des deux compagnons de saint Martial dont il parle dans un autre ouvrage (1). La raison de son silence à cet égard, est dans le silence même des actes qu'il avait sous les yeux Comment se fait-il encore qu'il ait consacré tout un chapitre à l'Apôtre de Bourges, bien qu'il ne le considère que comme un personnage secondaire, tandis qu'il est d'un laconisme extrême sur les principaux ouvriers évangéliques ? C'est toujours pour le même motif. S'il s'étend sur l'apostolat de saint

(1) De Gloriâ Conf. cap. XXVII.

Ursin, comme il avait un peu plus haut décrit le martyre de saint Saturnin, c'est qu'il a leurs actes entre les mains, et que ces actes sont les seules pièces sur lesquelles il puisse baser son récit.

Il paraît toutefois assez étrange que saint Grégoire qui nomme saint Ursin dans le livre de la Gloire des Confesseurs, ne le désigne ici que comme un disciple anonime des Evêques missionnaires. D'où vient cette réticence ? N'est-on pas autorisé à penser que c'est pour dissimuler son embarras, et rendre moins choquante la contradiction où il se trouve avec lui-même, qu'il supprime le nom, et s'en tient à une désignation vague ? Comme il s'était cru obligé de fixer la mission des Evêques vers le milieu du troisième siècle, il se voyait par là même, dans la nécessité de reporter à la même époque celle de saint Ursin à laquelle il en assigne ailleurs une beaucoup plus ancienne. C'est sans doute aussi pour ne pas heurter de front la croyance de l'église de Bourges, qu'il use de cette réserve qu'on ne saurait expliquer autrement d'une manière satisfaisante.

Une hypothèse a été imaginée pour concilier les deux passages de saint Grégoire. On suppose que saint Ursin et le disciple anonime sont deux personnes distinctes, et l'on apporte à l'appui des raisons plus ou moins plausibles. La mission de l'apôtre du Berry aurait été peu fructueuse ; la foi qui n'avait pas jeté de profondes racines, aurait, avec le temps et les persécutions, disparu entièrement ; mais à l'époque assignée par saint Grégoire, un disciple des sept évêques aurait reçu d'eux la mission d'évangéliser de nouveau la ville de Bourges. Son zèle aurait été plus heureux que celui de son devancier, et c'est de ce second Apostolat que daterait la fondation définitive de l'Eglise de cette cité. Sans doute cette hypothèse lève toute contradiction, mais c'est un médiocre avantage qu'on n'obtient qu'en se jetant dans des difficultés insolubles. Tout le contexte en effet rend cette supposition inadmissible ; car dans le récit de la mission des sept évêques, qu'entend l'auteur sinon qu'ils ont été les premiers prédicateurs de la foi dans les pays dont il fait mention, et qui en effet les reconnaissent comme les fondateurs de leurs églises ? Ainsi, dans sa pensée, il est clair que le disciple dont il raconte les travaux est ouvrier évangélique au même titre, et que dès lors il est le fondateur de l'Eglise de Bourges. Par conséquent nul doute sur son identité avec saint Ursin auquel d'ailleurs une tradition constante attribue tout ce qui est dit de ce personnage anonime. Mais si le disciple est autre que saint Ursin, s'il n'a fait que restaurer la foi à Bourges où elle avait été déjà prêchée plus d'un siècle auparavant, il faudra admettre ce que personne n'a jamais prétendu, et dire contre toute vraisemblance, et contre toute vérité, que dans les Gaules cette cité a eu le privilége d'être évangélisée longtemps avant toutes les autres. Il vaudrait beaucoup mieux encore laisser à saint Grégoire ses contradictions, sans chercher à les expliquer, plutôt que de donner un démenti formel à tous les monuments historiques, et de sacrifier les plus respectables croyances pour l'accorder avec lui-même.

Il faudra dès lors admettre que le sénateur Léocade a vécu du temps de saint Ursin. Cependant saint Grégoire de Tours le fait descendre de Vettius Epagathe martyrisé à Lyon avec saint Pothin. Or dans ce cas Léocade se trouverait un des ancêtres de ce saint martyr au lieu d'être un de ses descendants. L'auteur des Actes ou saint Grégoire s'est gravement trompé ; il est permis de croire que c'est ce dernier. Sans doute il savait que Léocade et Epagathe étaient de la même famille à laquelle appartenait sa propre mère, comme il nous l'apprend lui-même (1) ; mais quand il écrivait, il y avait plus de quatre cents ans qu'Epagathe avait souffert pour la foi, et l'on en comptait environ cinq cents depuis la mort de Léocade en suivant les actes de saint Ursin, ou pour le moins trois cents, en le faisant vivre sous l'empereur Dèce. Une confusion dans l'ordre généalogique n'a plus lieu d'étonner ; on conçoit aisément qu'après un laps de temps

(1) Vitæ Patr. IV.

si considérable, en l'absence de documents précis, saint Grégoire n'ait pu savoir au juste, à distance de plusieurs siècles, lequel des deux avait vécu le premier.

Il est vrai que, selon M. de La Ravalière, dans sa *Nouvelle vie de saint Grégoire* (1), la grand'mère de ce dernier, appelée Léocadie, serait elle-même la petite fille du sénateur Léocade, et c'est ce qui a fait dire au dernier historien du Berry que, en rapportant la fondation de l'église de Bourges, saint Grégoire ne faisait en quelque sorte que rappeler des souvenirs de famille, et que son récit par là même, méritait toute confiance. Mais cette assertion est dénuée de preuves, et c'est en vain qu'on chercherait un mot à l'appui dans tous les écrits de saint Grégoire dont le témoignage cependant

(2) Mém. de l'Acad. t. XLV. in-12.

semble être invoqué. D'ailleu r dans cette hypothèse, Léocade ne serait que son trisaïeul, et comment se pourrait-il alors que, dans l'espace de trois siècles qui les sépare, il n'y eût entre l'un et l'autre que trois générations. Cette supposition est inadmissible. Le nouvel historien du Berry le reconnaît (1), mais il ajoute qu'alors il faudrait placer Léocade au plus tôt vers le milieu du quatrième siècle, sans faire attention que ce serait en opposition formelle avec le texte même de saint Grégoire qui fait de cet illustre personnage un contemporain de l'empereur Dèce.

Il y a dans le récit même de saint Grégoire deux circonstances qui donnent lieu de présumer que c'est en effet Epagathe qui doit être le petit-fils de Léocade. La première, c'est que celui-ci pro-

(1) Hist du Berry, par M. Raynal, tom. 1, p. 129.

fessait le paganisme; or ce serait là quelque chose de fort peu vraisemblable, si l'on admettait qu'il descendît réellement du généreux martyr dont le nom est si glorieusement inscrit dans les fastes de l'Eglise. Presque toujours parmi les familles qui avaient eu le bonheur d'être ainsi illustrées, la foi était un héritage qu'on était singulièrement jaloux de conserver, un bien qu'on voulait à tout prix transmettre intact à ses enfants. Il semble assez difficile de croire que Léocade ait pu être idolâtre, du moment qu'on lui donne pour aïeul un de ces héroïques soldats de Jésus-Christ qui ont rendu témoignage à leur divin maître, en versant pour lui tout leur sang. La seconde de ces circonstances, c'est qu'il s'agit d'un seigneur qui est investi d'une haute dignité avec des pouvoirs très-étendus. Or à cet égard n'est-on pas en droit de se demander si les Césars, dans le temps même où ils persécutaient le Christianisme avec un redoublement de fureur, auraient favorisé à ce point un homme dont l'aïeul, frappé comme chrétien par la vindicte des lois, avait expié dans les supplices un crime impardonnable à leurs yeux. Il faut donc maintenir l'existence de Léocade au premier siècle, comme un fait qui offre en soi plus de probabilité et de vraisemblance, et qui acquiert un caractère de certitude par sa liaison avec le fait principal auquel il se rattache. La mission des évêques dans les Gaules et l'existence de Léocade ont la même date. Il est donc plus ancien que ne le suppose saint Grégoire, et, au lieu d'être le petit-fils d'Epagathe, il en était l'aïeul. Une erreur de cette nature surprend peu de la part d'un écrivain dans lequel on en découvre tant d'autres. N'a-t-il pas commis un anachronisme assez grave au sujet d'Epagathe lui-même qui souffrit, selon lui, avec saint Irénée, tandis que ce fut avec saint Pothin, le prédécesseur de ce même Irénée, et vingt-cinq ans plus tôt. Cependant il avait sous les yeux la lettre des Eglises de Vienne et de Lyon aux Eglises d'Asie, et c'est dans ce beau monument de l'antiquité chrétienne qu'il a puisé tout ce qu'il a dit des martyrs de Lyon : nouvelle preuve de son peu d'attention à reproduire exactement les textes originaux dans ses écrits.

C'est à tort qu'on objecterait contre l'authenticité des actes de saint Ursin certaines expressions employées par l'auteur anonime. Il fait mention de la Bourgogne, quoique les Bourguignons ne se soient fixés dans la partie des Gaules à laquelle ils donnèrent leur nom que plusieurs siècles après l'époque où il place la venue du premier évêque de Bourges ; mais qu'en conclure, sinon qu'il s'est exprimé, comme tous les écrivains de son temps, en se servant des dénominations alors en usage? Il ne s'en suit rien contre le fait lui-même. L'objection n'aurait de force que dans le cas où l'on prétendrait donner à la rédaction des actes une date antérieure à l'établissement des Bourguignons dans le pays. Si l'auteur affecte l'emploi de la qualification de catholiques pour désigner les néophytes baptisés par saint Ursin, c'est que l'invasion de l'Arianisme dans les Gaules, et les progrès qu'il avait faits notamment dans le Berry envahi par les Goths vers le milieu du cinquième siècle, rendaient l'emploi de ce terme nécessaire. Un écrivain orthodoxe, en présence de l'hérésie, ne pouvait tenir un autre langage. Il lui fallait un terme clair et précis qui ne permît aucune interprétation fausse, et il faisait ainsi une sorte de profession de foi, pour prévenir toute méprise et toute erreur.

Serait-on autorisé à rejeter ces actes comme apocryphes, parce qu'il y est dit que saint Ursin avait apporté à Bourges du sang de saint Etienne? mais cette circonstance n'a assurément rien que de conforme au respect et au culte des premiers fidèles envers les restes des martyrs. On sait tout ce qu'ils mettaient de religieux empressement à recueillir dans des linges ou dans des fioles le sang des héros de la foi, et tout ce qu'ils attachaient de prix à conserver ce pieux trésor : les monuments de l'antiquité chrétienne sont unanimes à cet égard. Ainsi on ne voit point pourquoi la circonstance dont il s'agit serait suspecte, et comment on pourrait raisonnablement la mettre au même rang que toutes les fictions dont la vie de saint Ursin a été surchargée plus tard

L'auteur d'un article inséré dans la Bibliographie Catholique (1), prend à partie le savant écrivain auquel on doit *les Monuments inédits sur l'Apostolat de sainte Marie Madeleine*. Qu'il soit d'un avis contraire, c'est chose en soi fort licite. Mais, quelque sûr qu'on soit de son fait, il est toujours bon de se garder d'un certain ton et de mesurer son langage : les raisons n'y perdent rien. Les convenances en font encore un devoir plus rigoureux, lorsque l'adversaire dont on combat le sentiment est un homme qui, par son âge, son caractère, sa science et ses vertus, a droit à tous les ménagements et à tous les égards, eût-on à faire valoir contre lui des arguments sans réplique.

(1) Tom. xv., p. 66.

Le critique s'étonne que le docte Sulpicien n'ait pas vu que les actes de saint Ursin sont dépourvus de toute authenticité. Mais ne faut-il pas s'étonner plutôt de la preuve qu'il en donne? En effet il a lu dans les actes ce qui ne s'y trouvait nullement. Saint Ursin aurait consacré une église en l'honneur de saint Hippolyte. Or le plus ancien, parmi les saints de ce nom, a souffert le martyr sous l'empereur Dèce. Voilà donc un anachronisme qui saute aux yeux, et il a fallu être bien distrait pour ne pas l'apercevoir. Mais la distraction, si tant est qu'il y en ait une, est uniquement le fait du critique. Le texte dit que par la suite, sur cet emplacement, une église fut dédiée en l'honneur de saint Hippolyte. Mais il y a loin de là à la version libre, et très-libre, qui attribue la dédicace de cette église à saint Ursin lui-même. Il y a là assurément une méprise qui en vaut la peine, et l'on est bien en droit de renvoyer la leçon à qui la fait. Dans les actes, l'église bâtie par saint Ursin est désignée sous le nom de basilique. Or les antiquaires savent, et le critique qui tient parmi eux un rang distingué, sait par conséquent que, à cette époque reculée, les monuments chrétiens n'étaient pas des basiliques. Savante remarque sans doute, devant laquelle on doit s'incliner, mais argument sans valeur contre le récit même. Tout ce qu'on en peut conclure, c'est que l'auteur s'est servi d'une expression qui manque d'exactitude, mais qui est conforme à la manière de parler usitée de son temps. L'objection d'ailleurs n'aurait de portée que dans le cas où l'emploi du terme serait reconnu postérieur à l'époque présumée où les actes ont dû être rédigés, et encore elle ne prouverait en ce cas qu'une seule chose, la nécessité d'assigner à ces actes une date plus récente. Le critique qui aurait pu faire d'autres observations, veut bien s'en abstenir, et si elles ne devaient pas être plus péremptoires que celles-ci, et que quelques autres, qui sont passées sous silence, parce qu'elles se trouvent déjà refutées, on doit lui savoir gré de cette discrétion.

Mais pourquoi affirmer encore que les actes découverts par M. l'abbé Faillon dans un manuscrit de l'abbaye de Saint-Germain à la bibliothèque impériale, étaient connus des savants depuis longtemps? Pourquoi dire que le père Labbe (1) les a publiées d'après un manuscrit de saint Victor, en donnant un texte beaucoup plus complet que l'autre? Rapprochez ces textes : vous verrez qu'ils dif-

(1) Nova bibl. manuscrip. tom. II. 455.

fèrent essentiellement. Puis peut-on regarder un texte comme plus complet, parce qu'il renferme une foule de détails apocryphes qui décèlent une origine beaucoup plus récente ? M. l'abbé Faillon cite un Office de saint Ursin publié par le père Labbe (1) à la suite des prétendus actes, lequel Office est tiré d'un ancien breviaire de Bourges, et il fait en même temps cette remarque judicieuse : les leçons en sont prises des anciens actes, dont quelquefois elles rapportent les propres expressions, en y mêlant cependant des circonstances qui altèrent la simplicité et la pureté de la source primitive Il a soin de reproduire ces leçons au bas de la page, afin que le lecteur puisse comparer et juger. Ainsi on est tenté de croire que le critique, malgré toute l'érudition dont il fait

(1) Ibid. 459.

montre, n'a lu ni M. l'abbé Faillon ni le père Labbe. Assurément ce n'est pas sans une pénible surprise qu'on voit au bas de l'article précité un nom honorable qui jouit d'une considération méritée.

Quoiqu'il en soit, le livre de M. l'abbé Faillon ne demeure pas moins un trésor d'érudition où l'on pourra toujours puiser avec confiance. Nous l'avons mis largement à contribution pour ce faible travail, et nous avons à cœur que personne ne l'ignore. En rendant par cet aveu hommage à la vérité, nous sommes heureux de témoigner tout ce que nous professons d'estime et de respect pour le savant Sulpicien, l'un des principaux ornements de la vénérable compagnie qui, depuis plus de deux siècles, forme avec tant de succès la jeunesse cléricale, et dont nous ne saurions jamais prononcer le nom, sans qu'il s'y mêle un souvenir plein de gratitude.

On ne peut se dispenser de parler ici de la célèbre dispute qui s'éleva au commencement du onzième siècle, touchant l'Apostolat de saint Martial. Toute l'Aquitaine s'en émut ; les rois mêmes et les princes s'y intéressèrent. Mais l'Eglise de Bourges en particulier et deux de ses plus illustres pontifes Gauslin et Aimon de Bourbon se montrèrent les plus ardents défenseurs de la glorieuse prérogative que l'on contestait au saint évêque de Limoges. Or parmi les arguments que faisaient valoir les adversaires, un des plus forts se tirait du parallèle de saint Martial avec les autres fondateurs des Eglises. Si vous accordez, disait-on, le titre d'Apôtre à saint Martial, il faudra le donner à saint Denis, à saint Saturnin, à saint Ursin, à saint Austremoine, à saint Front de

Périgueux, à saint Julien du Mans. A cela on répondait que ce qui constituait l'Apôtre proprement dit, c'était d'avoir vu le Sauveur dans sa chair, et d'avoir reçu immédiatement de lui sa mission. Or, ajoutait-on, ni l'un ni l'autre de ces priviléges ne convient ni à saint Denis, ni à saint Saturnin, ni à saint Ursin, ni aux autres qui ont seulement vu ou pu voir le Sauveur, et qui n'ont été envoyés dans les Gaules que par saint Pierre, saint Clément et leurs successeurs. Telle est la replique par laquelle l'Archevêque Aimon met fin à la querelle, et après laquelle il ne voit plus que l'excommunication à lancer contre les récalcitrants.

Il est évident que l'Archevêque se trompait, en restreignant à saint Martial seul l'honneur d'avoir été du nombre des soixante-douze disciples, s'il entendait parler de tous les prédicateurs venus dans les Gaules au premier siècle, puisqu'il faut mettre dans ce nombre au premier rang saint Maximin fondateur de l'église d'Aix. Néanmoins la distinction que faisait l'Archevêque n'était pas dénuée de tout motif. Car il est hors de doute que, parmi les ouvriers évangéliques venus alors de Judée dans les Gaules, plusieurs n'étaient pas du nombre des soixante-douze disciples. Les anciens actes de saint Eutrope d'Orange semblent faire la même distinction, en disant qu' on pourrait donner à ce saint le titre de disciple, parce qu'il avait vu le Sauveur et cru en lui, sans avoir été peut-être un des soixante-douze. C'est donc par cette raison qui pouvait avoir quelque fondement par rapport aux premiers missionnaires venus dans l'Aquitaine, que le concile de Limoges décida que saint Martial avait reçu immédiatement de notre Seigneur sa mission, et qu'il devait conséquemment être qualifié d'Apôtre. Qu'avait voulu l'Archevêque ? établir que ce saint n'avait pas été envoyé par saint Pierre. Aussi en admettant que saint Pierre a envoyé des prédicateurs dans les Gaules, a-t-il soin de faire remarquer que saint Martial est venu avant tous les autres. Mais en cela il est en opposition avec tous les monuments anciens qui placent la mission de saint Martial avec celle des six autres évêques.

Après la décision du concile dans une question où l'on mit autant de chaleur que s'il se fut agi d'un article de foi, il fallut modifier la liturgie en conséquence. On dut faire disparaître tous les endroits qui attribuaient à saint Ursin l'honneur d'avoir été un des soixante-douze, et, pour ne point l'assimiler à saint Martial venu de Rome sous saint Pierre, d'après les anciens monuments, marquer dans le nouvel Office qu'il ne s'était rendu à Bourges qu'après la mort de cet Apôtre, et y avait été envoyé par saint Clément. Mais les changements faits à l'Office de saint Ursin, à l'occasion du concile de Limoges, loin de porter atteinte à l'autorité des anciens actes, servent plutôt à la confirmer, puisqu'ils prouvent qu'à Bourges et dans toute l'Aquitaine, on était alors convaincu que saint Ursin avait vécu au premier siècle, qu'il avait conversé avec les Apôtres, et même avec le Sauveur.

Sans doute de ce qui se passa au concile, il y a tout lieu de conclure qu'on ne s'était pas encore avisé à cette époque de faire de saint Ursin Nathanaël, puisqu'on ne voit point qu'il ait été dit alors un seul mot qui y eût trait. Il est évident que c'était là une chose trop importante pour n'en point parler dans une discussion qui amenait naturellement sur ce terrain. Le silence gardé à cet égard prouve que l'invention est plus récente. Cette fable, avec tous ses merveilleux accessoires, a donc été imaginée plus tard, et, selon toute vraisemblance, calquée sur l'histoire même de saint Martial, pour que la métropole ne le cédât pas en honneur à son église suffragante. Ainsi, d'après la nouvelle légende, Nathanaël prenait au baptême le nom d'Ursin; agrégé au collége des soixante-douze disciples, il méritait par l'ardeur de son zèle d'être mis à leur tête; il accompagnait Jésus-Christ dans ses courses évangéliques, faisait la lecture à la Cène, assistait à tous les mystères douloureux et glorieux du Sauveur, et recevait le Saint-Esprit avec les Apôtres. Il s'attachait ensuite à saint Étienne, prêchait avec lui, et recueillait son sang pendant qu'on le lapidait; puis il suivait saint Pierre, l'accompagnait à Rome, et ne le quittait point jusqu'à son martyre. Bientôt après, saint Clément l'envoyait à Bourges où il ne manquait pas d'apporter avec lui le sang du premier martyr. Le succès de sa mission répondait à de si glorieux commencements, et quoique persécuté d'abord par les prêtres des idoles, il ne tardait pas à fonder une chrétienté florissante, et il bâtissait jusqu'à trois églises, et entre autres, une magnifique cathédrale dont on savait à point nommé le jour de la dédicace. Voilà le pieux roman imaginé pour l'édification de nos bons aïeux. C'était là ce qu'ils chantaient dans leurs Offices, ce qu'ils représentaient dans leurs tableaux et la tenture de leurs temples. C'était enfin ce que bon nombre d'historiens non-seulement dans le Berry, mais dans le reste de la France, et même à l'étranger, donnaient comme des faits avérés et irrécusables. Toutes ces surcharges maladroites devaient effaroucher les critiques modernes, et elles n'ont pas peu contribué à les incliner vers l'extrémité opposée. Mais ils n'ont pas assez réfléchi que toutes ces inventions avaient pour principe un fait constant, et en découlaient en quelque sorte. En effet, pour avoir l'idée de *nathanaëliser* saint Ursin, il fallait le croire contemporain des Apôtres, et assurément pareille invention n'aurait jamais eu tant de succès, si préalablement cette même croyance n'avait été générale. Il semble donc que le mensonge confirme ici la vérité.

L'autorité des anciens actes paraît suffisamment établie par tout ce qui a été dit jusqu'ici. Toutefois nous n'entendons point les garantir comme exempts de toute erreur ; nous les admettons seulement comme le dépôt authentique de traditions recueillies au plus tard au commencement du sixième siècle par un écrivain pieux et grave. Nous les jugeons donc vrais dans leur ensemble, ce qui ne nous empêche point de reconnaître qu'ils peuvent manquer d'exactitude dans quelques détails ; les fautes qu'on y découvrirait, ne sauraient leur ôter tout caractère d'authenticité, et par conséquent ils ne demeureraient pas moins un document précieux, d'une utilité réelle pour rectifier le récit de saint Grégoire de Tours.

La décision du concile de Limoges, basée sur des raisons qui sont loin d'être péremptoires, ne nous semble pas non plus un motif suffisant pour dépouiller notre saint Évêque de la qualité que lui donnent ses actes, monument d'une date bien antérieure, à l'appui duquel on pourrait encore invoquer le témoignage de Raban Maur (1) qui écrivait à la fin du huitième ou au commencement du neuvième siècle, plus de deux cents ans avant la tenue du concile. Il est vrai que, dans le texte de cet auteur, saint Austrégésile est nommé au lieu de saint Ursin. Mais, comme l'observe M. l'abbé Faillon, ce n'est là qu'une confusion de nom, ou peut-être même une correction indiscrète faite par quelque copiste ignorant qui ne connaissant pas saint Ursin, et ayant entendu parler de saint Austrégésile mort depuis environ un siècle avec une grande réputation de sainteté, aura substitué son nom à celui de saint Ursin. Mais, quoiqu'il en soit, d'après ce même texte, le premier

(1) Vie de sainte Marie-Madeleine et de sainte Marthe, chap. XXXVII.

évêque de Bourges appartient aux temps Apostoliques, et est du nombre des premiers disciples. N'est-il pas juste de lui laisser le titre dont il était en possession, malgré la décision qui a prétendu l'en priver, et d'attendre des preuves solides et incontestables pour le lui retirer? Jusque là nous aimerons à voir dans saint Ursin un disciple proprement dit, un des soixante-douze. C'est une vieille tradition chère à la piété; pour l'abandonner, il faudrait une certitude contraire.

Vainement objecterait-on contre notre sentiment le texte du Martyrologe Romain qui dit seulement que saint Ursin a été ordonné par les successeurs des Apôtres. Ce livre sans doute a une grande autorité, mais il ne faut pas lui en donner plus que ne lui en donne l'Eglise Romaine elle-même. Jamais elle n'a regardé comme irréfragable tout ce qu'il renferme, et elle y a fait des réformes à mesure qu'une critique plus approfondie a permis de rectifier des inexactitudes et des erreurs. Nous ne citerons qu'un exemple qui concerne l'église de Bourges. Dans l'édition de 1603 qui est accompagnée des notes du Cardinal Baronius, l'Archevêque saint Sulpice-Sévère est confondu avec l'historien ecclésiastique du même nom, quoique le saint prélat et l'illustre disciple de saint Martin aient vécu à deux siècles de distance. Depuis, les faits mieux éclaircis, la faute a été reconnue, et les éditions suivantes ne l'ont point reproduite. Il en pourrait être de même un jour pour saint Ursin.

III.

OBSERVATIONS SUR UN PASSAGE DE SUÉTONE.

C'était sans doute le lieu de parler, à propos de l'édit de Claude, du passage de Suétone qui s'y rapporte ; mais il nous a semblé qu'il valait mieux en faire un article à part. Quand le biographe des Césars dit (1) que cet empereur chassa les Juifs de Rome, à cause des troubles qu'ils suscitaient sans cesse à l'instigation du Christ, il est évident que les troubles dont il s'agit doivent s'entendre des violences auxquelles ils se portaient contre les nouveaux chrétiens nourris, pour la plupart, dans le Judaïsme, et dès lors considérés

(1) Judœos impulsore Chresto assiduè tumultuantes Romà expulit. Vit. Claud. XXV.

par eux comme autant de déserteurs de la loi et d'apostats dignes de toute leur haine. Qu'on ouvre les Actes des Apôtres, et l'on y verra se reproduire les mêmes scènes de désordre dans toutes les villes où les Apôtres avaient formé des disciples. A Antioche de Pisidie, à Icone, à Lystres, à Thessalonique, à Corinthe, à Ephèse, des tempêtes éclatent, et toutes ont été soulevées par les Juifs. Comme la foi en Jésus-Christ était l'occasion de ces rassemblements tumultueux, d'ailleurs étrangers à la politique, mais qui ne laissaient pas de compromettre la tranquillité publique, Suétone s'exprime en païen à qui son ignorance en pareille matière ne permettait point de parler pertinemment, et c'est pourquoi il attribue au Christ même ces sortes d'émeutes qui se produisaient à Rome, comme elles s'étaient produites partout ailleurs, toujours pour combattre la prédication des Apôtres.

On lit dans Suétone Chrest au lieu de Christ. Ussérius en a conclu qu'il n'est pas question de Jésus-Christ dans ce passage. Etrange conclusion de la part d'un savant qui aurait dû mieux connaître les antiquités chrétiennes. Rien de plus naturel que cette altération de nom, et il y a lieu de s'étonner qu'elle ait pu empêcher de reconnaître le Christ là où il est désigné avec tant d'évidence. Mais n'a-t-on pas tous les jours la preuve que les plus érudits sont parfois les moins clairvoyants ?

Toutefois de ce que Orose qui cite le passage de Suétone, y lit Christ, et non pas Chrest, il ne s'en suit pas, comme le veut le savant abbé Faillon, que de son temps on lisait ainsi, et que, si aujourd'hui les manuscrits portent une autre leçon, il faut l'attribuer à l'inadvertance des copistes. Je regrette de ne pouvoir partager le sentiment du docte Sulpicien ; à mon avis le texte d'Orose prouve seulement qu'il était convaincu que le passage ne pouvait s'entendre que de Jésus-Christ, et c'est cette conviction même qui lui a fait modifier ainsi le mot employé par Suétone. Mais c'est bien Chrest qu'a dû écrire le biographe des Césars, suivant en cela une erreur fort commune alors parmi les païens, et qui longtemps après subsistait encore, même lorsqu'une plus grande diffusion du Christianisme eût dû désormais rendre impossible l'altération du nom de son divin fondateur. Voyez en preuve Tertullien, (1) dans son Apologé-

(1) Christianus quantum interpretatio est de unctione deducitur. Sed et quum perperam Christianus pronuntiatur à vobis, nam nec nominis certa est notitia penes vos, de suavitate vel benignitate compositum est Apol. III.
χριστὸς signifie oint, χρηστὸς doux, agréable, utile.

tique, donnant l'étymologie du nom dont on se sert pour désigner les disciples du Christ. Le mot *Christianus*, dit-il, vient d'un mot grec qui signifie onction; mais lorsqu'on prononce incorrectement *Christianus*, c'est un mot qui indique la douceur et la bonté; et il reproche en même temps aux païens de ne pas avoir une connaissance exacte d'un nom qui leur est si odieux. Lactance (1), un siècle plus tard, croyait encore devoir expliquer le nom de Christ à cause de ceux qui le corrompent par ignorance, et qui, en changeant une lettre, disent Chrest au lieu de Christ.

Quelques érudits ont prétendu qu'il ne s'agit nullement de Notre Seigneur dans le passage de Sué-

(1) Sic exponenda hujus nominis ratio est propter ignorantium errorem qui cum immutata littera Chrestum solent dicere. Instit. libr. IV. cap. VII.

tone, mais d'un nommé Chrestus grec d'origine, qui s'était fait Juif, et qui excitait des troubles à Rome. Cette opinion, évidemment inadmissible, n'a pas besoin d'être refutée, quoiqu'elle soit reproduite du ton le plus affirmatif, comme un fait avéré, par le nouveau traducteur de Suétone dans la collection des classiques latins publiée sous la direction de M. Nisard

SAINT URSIN

APOTRE DU BERRY.

SAINT URSIN,

APOTRE DU BERRY

I.

Lorsque saint Pierre eut pris possession de Rome, en y fixant le Siége Apostolique, c'est de ce centre que partirent tous les rayons qui devaient illuminer le monde. Rome commença dès lors à être la mère des églises, comme elle devait en être la maîtresse. Le regard de Pierre, aussi bien que son amour, embrassait l'univers. Agrandir le bercail de Jésus-Christ, y faire entrer de nombreuses brebis, former de tous les peuples un vaste troupeau sous la divine houlette que le Suprême Pasteur avait remise en ses mains, voilà assurément l'objet de toutes ses pensées, le but de tous ses travaux. Sauver les hommes en leur faisant connaître et aimer leur adorable rédempteur, c'est le premier devoir comme la première prérogative de celui que l'Homme-Dieu a établi son représentant sur la terre, et dont il a fait ainsi un autre lui-même pour continuer son œuvre avec la plénitude de ses pouvoirs et toute la tendresse de sa charité. Le zèle de Pierre ne pouvait faillir à cet égard. Il s'y porta avec toute l'ardeur d'un dévouement sans bornes qui n'aspirait qu'à glorifier son maître par la sanctification des âmes. Il fit donc tout d'abord ce que firent après lui les pontifes ses successeurs, ce qu'ils font encore aujourd'hui avec autant de succès que de persévérance. Le Siége Apostolique a toujours la fécondité aussi bien que la puissance, et c'est encore à lui exclusivement qu'il appartient de faire des apôtres et des martyrs.

Les premiers missionnaires qui parurent dans les Gaules y étaient envoyés par saint Pierre. Quelques-uns d'entr'eux avaient vu le Sauveur, et recueilli de sa bouche même les enseignements sacrés dont ils allaient être les interprètes au sein de la gentilité ; les autres avaient été convertis à la foi par les saints Apôtres ; et tous ils brûlaient d'un égal désir de propager l'ineffable bienfait dont ils appréciaient la valeur infinie. Quelle sublime ambition que celle de ces hommes généreux qui sacrifient tout, et se sacrifient volontiers eux-mêmes pour accomplir une mission céleste ! La conquête du beau pays où ils sont appelés ne sera point l'affaire d'un jour. Il faudra plusieurs siècles pour y fonder définitivement le règne de Jésus-Christ, et en faire le premier fleuron de sa couronne ici-bas. La fille aînée de l'Église devait être le fruit d'un long et laborieux enfantement.

A peine arrivée la sainte phalange se partage, et prend des directions diverses pour aller attaquer l'erreur dans ses principaux centres. Un sillon lumineux marque le passage de ces intrépides voyageurs. Tout en s'acheminant vers le but qu'ils se proposent, partout où ils s'arrêtent, ils jettent une première semence, et leur labeur n'est pas sans quelque fruit. Ils marchent toujours en apôtres, ne quittant jamais un lieu pour se rendre dans un autre, sans y laisser des marques de leur zèle. C'est la première aube de cette lumière divine qui est venue nous visiter de l'Orient, et qui ne projette encore qu'une faible lueur, mais doit, sous le regard de la souveraine miséricorde, prendre un accroissement successif, et dissiper enfin de son éclat victorieux les ténèbres épaisses qui s'opposaient à sa bienfaisante action.

Parmi eux se trouvait Ursin, le fondateur de l'Eglise de Bourges. Il y avait sans doute déjà longtemps qu'il travaillait à la suite des Martial et des Austremoine, lorsqu'il se sépara d'eux pour se diriger vers la cité qui lui était plus particulièrement destinée. Il est permis de croire que cet homme vénérable avait été du nombre des soixante-douze disciples que le divin Sauveur avait spécialement choisis, et auxquels il avait, en quelque sorte, fait faire sous ses yeux l'apprentissage du ministère qu'ils auraient à remplir comme les auxiliaires et les coopérateurs de ses Apôtres. Il s'est d'ailleurs montré digne par ses vertus évangéliques de ce glorieux privilége qu'une antique tradition revendique en sa faveur. Quoi qu'il en soit, Ursin a préludé par de nombreux travaux à la grande entreprise qui doit les couronner tous. Arrivé dans le Berry, il sent redoubler l'ardeur de son zèle, et c'est avec la confiance et la joie d'un Apôtre qu'il s'avance vers la capitale des Aquitaines, Avaric, la noble Cité des Bituriges, aujourd'hui Bourges, ville alors des plus grandes et des plus florissantes.

II.

Ursin qui avait reçu la consécration épiscopale peut-être des mains mêmes de saint Pierre, ou du moins de celles d'Austremoine ou de quelque autre des évêques faisant partie de cette première mission, avait pour compagnon un saint prêtre nommé Just qui partageait avec lui les fatigues, les dangers et les mérites de l'Apostolat. Il n'est pas bon que l'homme demeure seul. Qu'il est à plaindre celui qui n'a pas une main amie qui lui vienne en aide au besoin ! Aussi le Sauveur avait-il voulu que ses disciples allassent deux à deux, quand il les envoyait prêcher en son nom le royaume de Dieu. Voilà pourquoi les premiers prédicateurs de l'Evangile avaient d'ordinaire avec eux quelques coopérateurs pour les seconder dans leur mission. Ursin n'était plus qu'à quelques kilomètres de Bourges : il arrivait dans un bourg appelé Cambon, ou Villeneuve, dénomination qui semblerait indiquer une villa de construction récente, appartenant à quelque riche gaulois : sorte d'habitation de plaisance, comme en possédaient alors les grandes familles du pays. C'était là sa dernière station. Il ne lui resterait plus à franchir qu'une bien faible distance pour toucher enfin au terme du voyage ; et déjà il s'apprêtait à saluer la cité dont les portes allaient s'ouvrir à son zèle. Sans doute il n'avait point parcouru tant de routes, traversé tant de pays, sans avoir rencontré sous ses pas de nombreuses épreuves. Mais c'était là, à cette dernière halte, que l'attendait la plus douloureuse de toutes.

Ce fidèle compagnon de tous ses travaux, cet unique confident de toutes ses espérances aussi bien que de toutes ses peines, ce précieux auxiliaire dont le concours lui semblait indispensable, celui enfin que, dans son humilité toute chrétienne, il regardait comme devant, beaucoup mieux que lui, contribuer au succès d'une œuvre à la fois si grande et si difficile, voilà qu'il le perd, lorsqu'il était loin de prévoir un pareil malheur, et il se voit ainsi tout seul avec un fardeau énorme dont il lui faudra désormais porter tout le poids. Just succombe épuisé sans doute par la fatigue. La course du saint prêtre est achevée, tandis que celle du saint évêque n'est encore pour ainsi dire qu'au début, à considérer la carrière qui lui reste à parcourir pour consommer son Apostolat.

Si une pensée peut consoler

Ursin dans sa douleur, c'est que, aux yeux du Souverain Rémunérateur, Just a déjà fait assez pour recevoir l'éternelle récompense, et que du Ciel où il repose dans la gloire, il regardera avec un pieux intérêt la terre qu'il aurait défrichée avec un infatigable dévouement, s'il lui eût été permis de mettre la main à l'œuvre. Ursin qu'avait dû abattre d'abord un coup si imprévu, releva donc son regard attristé vers les régions célestes, pour y chercher la divine lumière qui pouvait seule éclaircir un si sombre horizon, et il sentit que, s'il perdait un coopérateur dont il avait tant besoin, il retrouvait un intercesseur qui lui serait d'une utilité plus grande. Soutenu, fortifié par cette considération, il rendit à Just les derniers devoirs de la piété chrétienne, et l'ensevelit de ses propres mains. Humble sépulture qui se fit probablement comme à la dérobée, et qui semblait devoir demeurer à jamais ignorée, mais que le Seigneur se plut à glorifier plus tard ! Le lieu même qui avait reçu la dépouille mortelle du saint, en prit le nom par la suite, et une église y fut élevée en son honneur. C'est encore aujourd'hui le village et la paroisse de Saint-Just. Sans doute Ursin ne s'éloigna pas sans répandre quelques larmes sur la tombe à laquelle il confiait ce précieux dépôt Car la vertu ne détruit point la sensibilité ; elle en modère seulement les excès. Le Seigneur Jésus lui-même, en pleurant son ami Lazare, n'a-t-il pas sanctifié un sentiment si naturel et si juste ? Aussi l'Apôtre ne trouve pas mauvais que l'on pleure ; mais il ne veut pas que ce soit sans mesure et sans fin, comme si l'on était sans espoir (1). Les yeux ne sauraient

(1) I. Thess. IV.

être toujours secs, mais quand ils sont humectés par la douleur, une espérance pleine d'immortalité doit bientôt les essuyer.

III.

Ursin n'avait pas tardé à reprendre courage : ses forces même étaient doublées. Du côté de l'homme tout concours, tout appui lui avait été retiré ; mais l'assistance divine lui devenait en quelque sorte plus sensible. Non, il n'était point seul : Dieu suppléait à son isolement. Il lui semblait entendre au fond de son cœur une voix qui lui disait comme autrefois à Gédéon (1) : Le Seigneur est avec toi ; ne crains rien : marche avec confiance. Tu triompheras de tous les obstacles. En effet plein d'assurance, il se remit en route, et poursuivit sa marche d'un pas ferme, sans s'inquiéter davantage.

(1) Jud. VI.

Qu'aurait-il pu redouter encore, quand il avait Dieu même pour guide et pour appui? aussi eut-il bientôt atteint le terme du voyage.

Il pénétra sans peine dans la cité; une porte s'ouvrit pour l'accueillir : c'était sans doute quelque humble réduit. N'était-ce point d'ailleurs le gîte que devait préférer celui dont la mission spéciale était d'évangéliser les pauvres, et qui portait lui-même les saintes livrées de la pauvreté? Comme il fallait peu de chose à l'homme de Dieu, il y trouva tout ce dont il avait besoin. Heureux l'hôte qui reçut ainsi le vénérable étranger! Son nom est resté inconnu, mais sa récompense n'en aura pas été moins grande. Que de bénédictions dut lui valoir la présence d'Ursin? La paix, mais la paix venue du Ciel, la paix gage du salut et source de tous les biens, voilà ce qui lui aura été donné en échange. Ursin sous ce toit hospitalier, c'est l'Arche dans la demeure d'Obededom (1). Il y fait ses premières prédications et ses premières conquêtes.

Beaucoup de jours s'écoulèrent, pendant lesquels il ne laissait échapper aucune occasion d'annoncer le règne de Jésus-Christ, sans se rebuter du peu de succès qu'il obtenait d'abord. Ce n'est pas que sa parole fut absolument sans fruit; mais les conversions n'étaient ni nombreuses ni promptes. Il fallait du temps et de la patience. Cependant le petit troupeau s'accroissait peu à peu ; dans le principe il ne se composait que de menu peuple, de femmes, d'enfants, de vieillards qui tous appartenaient aux dernières classes de la société. Ne sont-ce pas là toujours les premiers appelés à la connaissance de l'Evangile, parce que ceux qui ont le moins part aux faveurs de

(1) II. Reg. VI.

ce monde sont les privilégiés du Père céleste. A ces nouveaux chrétiens s'en adjoignirent ensuite d'autres d'un rang plus élevé, et bientôt même on compta quelques prosélytes des meilleures familles. C'est la marche naturelle du Christianisme. Les petits et les pauvres ont le pas sur les grands et sur les riches, mais non point à l'exclusion de ces derniers, puisque Dieu veut sauver tous les hommes, et que c'est pour le salut du monde qu'a été consommé le sacrifice du Calvaire. En effet l'Eglise naissante ne devait recevoir dans son sein qu'un très-petit nombre de personnes qui fussent au-dessus du commun par la naissance ou par la fortune. C'était dans l'ordre de la Providence pour mieux marquer l'action divine, en la faisant ressortir davantage de la faiblesse même des moyens humains si disproportionnés à la fin qui devait être atteinte.

IV.

Jusque-là le serviteur de Dieu n'avait point été troublé dans l'exercice de son Apostolat. Mais le calme ne devait pas toujours durer : l'orage allait gronder. L'ennemi de tout bien voyait chaque jour quelque âme lui échapper ; c'était une proie dont il ne se désaisissait qu'avec un déplaisir extrême. Aussi dans la rage que lui inspiraient les progrès de la foi, il mit tout en œuvre pour arrêter la marche de l'Évangile. L'éveil fut donné à toutes les susceptibilités ombrageuses, l'essor à toutes les mauvaises passions, et la tempête, fomentée par un aveugle fanatisme, éclata tout d'un coup. Dès lors plus de retenue, plus de frein : insultes, outrages, indignes traitements, rien ne fut épargné pour lasser la persévérance du saint. Comme on voit que ce n'est pas encore assez pour triompher d'une patience qui demeure inaltérable malgré tant d'assauts, on se porte à de nouveaux excè . Une meute de chiens est lancée sur lui, et toute une populace en délire court à sa poursuite, armée de bâtons pour le frapper. Ursin dut céder à la violence et se retirer pour un temps.

Mais il se promettait bien, avec l'aide du Ciel, de ne point abandonner le champ qu'il avait commencé à défricher, et de reprendre ses travaux, aussitôt qu'à la bourrasque auraient succédé des jours plus calmes, qui lui permissent de rentrer dans la cité dont il venait d'être expulsé d'une manière non moins ignominieuse que brutale. Aussi dans l'espoir d'un prochain retour, il s'arrêta à quelques kilomètres de la ville, dans le lieu qui s'appela depuis la Chapelle Saint-Ursin, parce que la piété des fidèles y éleva un oratoire en son honneur, pour conserver et perpétuer à jamais un souvenir justement vénéré. C'est encore aujourd'hui sous ce nom une paroisse du diocèse. Une tradition respectable veut que ce lieu même ait été sanctifié par la retraite momentanée du pasteur forcé de fuir devant la persécution.

Ursin répandit son âme devant le Seigneur, le priant instamment de lui faire connaître sa volonté sainte; il était prêt à s'y conformer à quelque prix que ce fût. Il se sentait pénétré de la plus vive compassion à la pensée qu'il avait laissé dans l'abandon et la désolation des brebis pour lesquelles il n'aurait point balancé à donner sa vie, s'il y eût vu le moindre avantage. Qu'allaient-elles devenir, si elles demeuraient ainsi séparées de leur pasteur? Et il conjurait avec larmes la souveraine miséricorde de les prendre en pitié. S'il s'était dérobé au danger par la fuite, c'était pour obéir à un devoir qui lui était tracé par l'Evangile même. Car son bonheur eût été de cueillir la palme du martyre en mourant pour son Dieu. Mais sa vie pouvait être nécessaire à ce pauvre peuple, et cette considération avait été plus forte que tout le reste pour le déterminer à pourvoir à sa propre sûreté. D'ailleurs il se dévouerait volontiers encore, et redescendrait avec joie dans l'arêne. Sa fervente prière fut exaucée. Le ciel avait parlé: il n'avait plus qu'à retourner sur ses pas. Il se releva donc plein de consolation et de force, et s'en alla reprendre sans délai sa mission, plus confiant que jamais dans la protection divine: elle ne lui manqua point en effet, et il ne tarda pas à le reconnaître.

Les dispositions étaient changées ; tout était rentré dans l'ordre. Il n'eut plus à redouter les mêmes violences, et il put donner, sans entraves, un libre cours à son zèle. Un accroissement de grâce et de mérite avait été le prix des épreuves par lesquelles il avait passé pour l'amour de son divin maître. Son ardeur semblait doublée, et son apostolat devint plus fécond. De nombreux miracles vinrent confirmer l'autorité de sa parole. De toutes parts on accourait pour l'entendre, et la semence qu'il répandait dans les âmes portait chaque jour des fruits plus consolants. Il avait peine à suffire à l'empressement de tous ceux qui avaient soif de la vérité, et qui aspiraient au bonheur d'être régénérés par le baptême. Ainsi la famille chrétienne s'étendait de plus en plus à la grande satisfaction du saint apôtre qui en rendait à la bonté divine de continuelles actions de grâce, et attirait par là de nouvelles bénédictions sur ses travaux.

V.

Cependant les fidèles n'avaient pas encore de lieu public consacré à leurs réunions. Les saints mystères se célébraient dans la demeure même de l'apôtre, ou dans quelque maison particulière, comme il se pratiquait presque toujours dans ces temps primitifs, ainsi que l'attestent les plus anciens monuments de l'histoire ecclésiastique. Mais on y était trop à l'étroit, et il fallait songer à se procurer un local en rapport avec le nombre croissant des prosélytes. C'était un besoin qui, chaque jour, se faisait plus vivement sentir : il était urgent d'y pourvoir. Il s'agissait donc de trouver à cet effet un emplacement convenable. Les vues d'Ursin étaient fort modestes : elles ne tardèrent pas à être réalisées. C'était un acheminement à quelque chose de mieux ; car la providence lui réservait bien au-delà de ce qu'il eût osé espérer dans les conjonctures présentes.

Il y avait alors un noble et puissant seigneur qui se nommait Léocade, et auquel saint Grégoire de Tours donne le titre de premier sénateur des Gaules. Il paraît même que, sous la dépendance des empereurs, il exerçait une autorité presque souveraine. Il possédait d'ailleurs de grands biens et d'immenses domaines. Sa principale résidence était à Lyon, où il tenait habituellement sa cour. Mais il avait aussi un palais à Bourges, et, pour la commodité du service, il avait fait construire des écuries près d'une des portes de la ville, au midi, dans un endroit où la proximité de l'eau et l'abondance du fourrage procuraient toutes les facilités désirables pour l'entretien des chevaux; avantages que ne pouvait offrir le palais même, en raison de sa position sur le point le plus élevé de la cité. Ce fut sur ces écuries que se porta la pensée d'Ursin; il s'en ouvrit aux gens de Léocade parmi lesquels, selon toute apparence, il comptait quelques néophytes. Ils ne firent aucune difficulté d'entrer dans ses vues, et, après s'être sans doute assurés de l'agrément du maître, ils accordèrent au saint évêque ce qu'il demandait. Le local fut donc approprié à sa nouvelle destination: Ursin vint ensuite y déposer le précieux trésor qu'il avait apporté avec lui; c'était du sang de saint Etienne, recueilli sur le théâtre même de son martyre; vénérable relique dont la présence était bien propre à nourrir la piété et à enflammer le zèle. Ainsi ce fut dans ce lieu que se réunirent désormais les fidèles pour participer aux saints mystères et vaquer aux différents exercices de la religion. Jésus naissant n'avait eu d'autre abri qu'une étable, et les bergers et les Mages y étaient venus lui offrir leurs hommages et leurs adorations ; et voilà que le christianisme qui ne fait que de naître parmi nous, s'abrite dans une écurie qu'il transforme en sanctuaire, et où. sous les auspices du premier martyr, il réunit de pieux néophytes auxquels il apprend à tout sacrifier au besoin pour rendre témoignage à la foi qu'ils ont le bonheur de professer. Sublime rapprochement entre l'étable de Béthléem et l'écurie de Léocade ! Double berceau, l'un du Dieu Sauveur apparaissant au monde dans son humanité sainte ; l'autre des nouveau-nés à la grâce, petite semence bénie qui croîtra toujours davantage et couvrira le Berry d'une riche moisson.

Cependant le Pontife tout entier à l'œuvre de salut pour laquelle il avait reçu mission, se dévouait avec une infatigable persévérance aux laborieuses fonctions de l'Apostolat Il ne donnait à la nature que ce qu'il ne pouvait absolument lui refuser ; et c'est à peine s'il prenait quelque repos. La prière, la prédication, le saint sacrifice, l'instruction des catéchumènes, l'administration du baptême absorbaient tout son temps. Parmi ses plus fervents disciples, il avait pu en choisir quelques-uns pour les former au ministère sacré ; déjà même il avait imposé les mains à plusieurs d'entre eux, et il avait quelques prêtres et quelques lévites pour le seconder. Toutefois ce n'était encore qu'un bien faible secours qui ne l'empêchait point de sentir tout le poids de la charge. Mais le Seigneur qui était avec lui, le soutenait. Aussi tant de travaux, dont la continuité aurait dû l'épuiser, semblaient produire un tout autre résultat. On eût dit un redoublement de vigueur et d'activité : tant il parlait avec force, avec âme, avec onction. C'était bien Dieu qui inspirait son apôtre, et qui lui communiquait cette puissance de parole, source féconde de conquêtes. L'effet en était toujours plus visible : le nombre et l'éclat des miracles achevaient de vaincre les résistances. Bientôt les fidèles dont le nombre augmentait sensiblement, grâce aux conversions de chaque jour, se trouvèrent trop à l'étroit dans le local consacré à leurs réunions. Comme le petit troupeau avait grandi, l'espace manquait pour le contenir. Ursin vit avec joie l'insuffisance de ce premier sanctuaire et s'empressa de chercher les moyens de pourvoir à un besoin qu'il était heureux de constater.

VI.

La maison d'un particulier avait paru convenable ; on s'était proposé de l'acquérir ; mais le propriétaire s'y était refusé. Car il était, comme la plupart des principaux habitants, fort attaché aux superstitions païennes, et professait pour le nouveau culte un souverain mépris (1). Dans son aveugle prévention, l'usage qu'on voulait faire de sa maison était une profanation sacrilége dont l'idée seule devait le révolter, et il aurait cru se faire le complice d'une secte odieuse, et encourir tout le courroux du Ciel, s'il eût acquiescé au désir qui lui avait été exprimé

(1) Greg. Tur. Hist. libr. 1. 31.

Il n'y avait donc plus à y songer : il fallait s'adresser ailleurs. Mais l'embarras était grand, et l'on était fort en peine, parce qu'on ne découvrait nulle part l'emplacement qu'on eût désiré trouver. Ursin voyant toutes les recherches infructueuses, était dans une perplexité réelle ; mais il ne perdait point courage, parce qu'il se reposait entièrement sur la divine providence qui souvent fait atteindre le but à l'instant même où l'on s'en croit le plus éloigné. Il priait avec ferveur et attendait avec calme.

Sur ces entrefaites quelques zélés chrétiens auxquels il avait fait part de son dessein, et qui n'avaient rien tant à cœur que d'en voir la prompte exécution, vinrent lui communiquer une pensée qui leur semblait venir du ciel. « Mon père, lui dirent-ils, il y a déjà du temps que vous avez conçu le projet et que vous nourrissez l'espoir de fonder une église plus digne de sa destination, mieux proportionnée aux besoins des fidèles, et vous vous proposez de déposer dans ce nouveau sanctuaire comme en un lieu plus honorable, la relique sacrée qui, aux yeux de la foi, est assurément un trésor mille fois plus précieux que les plus brillants joyaux. Mais jusqu'ici tous vos plans ont échoué devant d'insurmontables obstacles. Or, si Dieu a permis qu'il en soit ainsi, sachez le bien, mon père, c'est qu'il n'y a réellement qu'un seul endroit qui convienne à l'accomplissement de votre dessein. Cet endroit, c'est le palais même de Léocade. Puisque vous n'avez point réussi ailleurs, c'est de ce côté-là que vous devez tourner vos vues. Demandez et vous obtiendrez. » — « Y pensez-vous, mes enfants, répondit le Saint? Comment oser faire à ce puissant seigneur une semblable proposition ? Ne serait-ce pas de notre part une étrange témérité ? Des gens comme nous ne peuvent prétendre si haut. Et d'ailleurs, par impossible, la proposition fut-elle accueillie, où trouver tout l'argent qu'exigerait une acquisition de cette importance? Vous savez que personnellement je n'ai rien, et que les ouailles ne sont guère plus riches que leur pasteur. » Ils insistèrent connaissant les dispositions bienveillantes de Léocade, et l'assurèrent qu'ils ne doutaient point du succès d'une démarche. Mais il fallait au préalable faire une collecte, et le produit en serait offert au noble sénateur qui ne manquerait pas d'accueillir avec bonté la demande. Le saint Evêque se laissa facilement persuader, et consentit à tout ce qu'ils désiraient. Il ne les congédia point, sans recommander à Dieu leur entreprise.

Ils se mirent aussitôt, avec son agrément, à solliciter la charité des fidèles en faveur d'une œuvre qui les intéressait tous à un si haut degré. Chacun voulut y contribuer selon la modicité de ses ressources, et, sans songer à leur propre indigence, plusieurs firent comme la la pauvre veuve de l'Evangile; donnant le peu qu'ils avaient, ils ne se réservèrent rien parce qu'ils se confiaient avec un entier abandon en la providence de leur Père céleste qui connaît les besoins de ses enfants, et y pourvoit toujours. Les moindres offrandes multipliées forment des sommes considérables, et aujourd'hui dans l'Église que de grandes choses se font au moyen de faibles cotisations, avec le denier du pauvre plus encore peut-être qu'avec l'argent du riche? C'est ainsi que d'innombrables petites aumônes qui se confondent comme les gouttes d'eau dans l'Océan, vont alimenter les missions catholiques d'un bout de la terre à l'autre, et contribuent de la sorte à procurer partout la gloire de Dieu et le salut des âmes. La puissance de la charité qui s'associe est presque sans limite. Les prodiges de tout genre lui sont familiers : dans le monde tout en est plein. Il ne faut plus s'étonner que, dans une chrétienté naissante qui comptait à peine quelques membres dans l'aisance, on ait pu réunir trois cents pièces d'or avec un grand plat d'argent : valeur considérable, surtout si l'on se reporte au temps.

Les bons fidèles qui avaient réussi dans leur collecte au-delà de leurs espérances, se hâtèrent, comme on le pense bien, de porter à leur saint Evêque cette heureuse nouvelle. Mais ils le pressèrent en même temps de se mettre en route pour aller à Lyon trouver

Léocade qui y résidait alors. C'était à son âge et avec les moyens de transport dont il pouvait disposer, un long et pénible voyage. Mais de là peut-être, dépendait tout le succès. D'ailleurs comptait-il pour quelque chose la fatigue et la souffrance? Aussi n'hésita-t-il pas un seul instant, et il partit aussitôt qu'il eût donné ses instructions à quelques prêtres qui devaient, pendant son absence, prendre soin de son troupeau. Cette séparation momentanée lui était fort sensible, mais s'il s'éloignait avec peine de ses ouailles bien-aimées pour lesquelles il était toujours prêt à donner sa vie, il éprouvait une très-grande consolation, en pensant que c'était encore pour elles qu'il faisait ce nouveau sacrifice. Dieu avait béni le commencement, il bénirait la fin ; il ne doutait plus de la réussite, mais ce n'était point, de sa part, aveugle présomption, c'était confiance entière en la bonté divine qui le guidait. Quelque chose lui disait intérieurement qu'il n'échouerait point; c'était comme un avertissement du Ciel, et plus il approchait du but, plus il sentait s'affermir en lui une espérance qui ne devait pas être confondue.

VII.

En effet lorsqu'il se présenta devant Léocade avec les chrétiens qui l'accompagnaient, il fut accueilli de la manière la plus bienveillante. Ce seigneur heureusement doué se distinguait par sa douceur et par son humanité, et, comme il avait le cœur droit et honnête, il était loin de partager les préventions communes aux païens; aussi s'en fallait-il bien qu'il vit dans les chrétiens ce qu'on y voyait assez généralement alors, les ennemis mêmes du genre humain, méritant comme tels l'exécration publique. Le Christianisme ne lui était pas tout à fait inconnu; c'était une doctrine dont il avait déjà quelque idée, et vers laquelle il se sentait comme instinctivement porté. Elle avait ses sympathies, sans qu'il pût encore s'en rendre compte; ou plutôt n'était-ce point une fille chérie qui la première lui avait parlé de cette religion sainte, et avait été ainsi le premier instrument de la grâce sur le cœur d'un père tendrement aimé? En effet sainte Valère avait été comme les prémices de l'Apostolat de saint Martial à Limoges. On s'accorde à lui donner pour père le sénateur Léocade; disons cependant que, s'il fallait s'en rapporter à la légende de sainte Valère dont l'autorité d'ailleurs est loin d'être en tout point incontestable, le père de la vierge martyre aurait été un autre Léocade, puisqu'il y est dit qu'elle était fille unique et qu'elle n'avait été convertie qu'après la mort de son père: deux circonstances qui ne peuvent convenir à notre Léocade. Dans cette hypothèse, ce Léocade qui est aussi qualifié de sénateur, appartiendrait à la même famille, et la sainte serait alors la nièce ou du moins la proche parente de celui dont le nom est si intimement lié à la fondation de l'église de Bourges (1). Peut-être même alors avait-elle déjà scellé sa foi de son sang, et peut-être aussi à l'époque de son entrevue avec saint Ursin, Léocade pouvait-il compter dans sa propre famille une vierge martyre : glorieux privilége qui devait être un gage assuré des miséricordes divines sur lui-même.

Quoi qu'il en soit, le vénérable vieillard lui exposa le but de son voyage avec autant de simplicité que de confiance. « Je m'appelle Ursin, lui dit-il, j'ai été envoyé de Rome, et je suis venu à Bourges

(1) Office de sainte Valère au propre du Diocèse de Limoges.

prêcher Jésus - Christ : jusqu'ici Dieu a béni la parole de son serviteur , et j'ai la consolation de voir chaque jour s'accroître le nombre des fidèles. Les chrétiens ont besoin d'un local plus spacieux pour se réunir, et c'est le motif qui m'amène vers vous. Permettez-moi, seigneur, de vous demander une faveur insigne. Je n'aurais jamais osé faire cette démarche, si votre bonté bien connue ne m'y avait autorisé. Vous avez à Bourges une maison qui conviendrait parfaitement à l'usage que nous nous proposons; si vous daignez nous la céder, vous comblerez nos vœux. » Léocade qui était naturellement bon, et sur le cœur duquel agissait la grâce, acquiesça sans peine à la prière qui lui était faite. — « J'y consens volontiers, répondit-il aussitôt, si ma maison vous semble propre à la destination que vous voulez lui donner, prenez-la : elle est à vous. Je verrai avec plaisir qu'elle soit consacrée aux exercices de votre religion ; il me sera doux d'avoir pu vous satisfaire. » Alors Ursin prenant des mains de ses compagnons le plat d'argent sur lequel étaient déposées les trois cents pièces d'or, le lui présenta en fléchissant le genou. Léocade étendit la main, prît trois pièces, et dit aux compagnons d'Ursin d'emporter le reste parce qu'il ne voulait rien de plus. Il semblait même regretter le sentiment de délicatesse qui lui avait fait retenir quelque chose d'un don qu'il eût préféré laisser intact à ceux qui le lui offraient, s'il n'eût craint de les mortifier. Peut-être aussi avait-il cru devoir dissimuler sous la forme d'une vente une donation réelle : fiction du droit romain qu'un long usage a consacré, et qu'on voit même se perpétuer au moyen-âge, à l'égard de certaines donations.

Le saint évêque exprima toute sa reconnaissance au généreux bienfaiteur, en appelant sur lui toutes les bénédictions divines, et il profita en même temps de la circonstance pour lui adresser de pressantes exhortations, le conjurant de ne point résister à la grâce, et de ne point méconnaître le don de Dieu qui l'appelait au baptême. L'entretien fut court; mais l'apôtre avait parlé avec tant de force et d'onction que Léocade se sentit profondément ému. Il remercia le saint avec effusion, et lui promit de ne point oublier les paroles qu'il venait d'entendre « J'y penserai sérieusement, soyez-en-sûr, lui dit-il, je dois retourner prochainement dans le Berry, et je ne manquerai pas d'aller vous trouver ; nous conférerons alors ensemble de toutes ces choses. » Et il le congédia en se recommandant à ses prières. La semence évangélique était tombée sur une terre déjà préparée ; elle y devait lever et fructifier un jour Un simple verre d'eau froide aura sa récompense ; les aumônes du centenier Corneille sont montées devant le trône de Dieu, et lui ont mérité le don de la foi et la grâce du baptême. Comment les tabernacles éternels demeureraient-ils fermés pour le sénateur Léocade qui avait si bien accueilli les serviteurs de Jésus-Christ, qui s'était montré si libéral envers eux, et dont les dispositions présentes permettaient d'augurer les plus heureux résultats ?

Ursin emportait cette espérance avec le contrat de vente en bonne et due forme que lui avait fait expédier le généreux seigneur. Il avait hâte de se retrouver au milieu du troupeau qu'il n'avait quitté qu'à regret. Malgré la précipitation du voyage, son absence avait encore été beaucoup trop longue à son gré ; il lui tardait aussi de montrer les lettres authentiques du prince, et de faire partager à ses ouailles la joie qu'il ressentait d'avoir, avec l'aide de Dieu, si complétement réussi dans la mission qu'il venait de remplir. Il était attendu avec impatience, et il fut reçu avec bonheur. Le troupeau s'unit au pasteur pour rendre de communes actions de grâces au Très-Haut ; car c'était bien lui qui avait conduit toutes choses, et le succès qui dépassait toute attente, était visiblement son œuvre. Toute difficulté s'évanouit devant les titres qui assuraient aux chrétiens la propriété de l'édifice. Ursin se mit aussitôt à l'œuvre ; on lui prêta tout le concours nécessaire, et bientôt une vaste salle fut convenablement disposée. Le saint évêque en fit une église qu'il dédia sous le vocable de saint Étienne, dont il y transféra la précieuse relique. Cette consécration aurait eu lieu au 1er Octobre. Peut-être cette date se rapporterait-elle plutôt à une dédicace plus récente, et ce serait alors par une confusion facile à concevoir qu'elle aurait été attribuée à la fondation primitive.

Cependant l'ancienne écurie qui avait servi d'abord pour la réunion des fidèles, ne pouvait être abandonnée. Ce local avait été en quelque façon le berceau de la foi dans la cité ; désormais il servit de baptistère. N'était-ce pas une destination bien appropriée à la consécration qu'il avait reçue d'abord, puisque le baptême est une nouvelle naissance, et que les fonts sacrés où il est administré enfantent à la vie de la grâce ? Il continuait donc ainsi à être le berceau des nouveau-nés dans la famille de Jésus-Christ. Ce fut sur ce même emplacement que par la suite fut construite l'église de Saint-Hippolyte, et que s'établit en dernier lieu l'Oratoire.

VIII.

Le saint évêque travaillait toujours avec le même zèle et la même ardeur à la vigne que son divin maître lui avait donné à cultiver, et au milieu de tous ses travaux, une pensée le préoccupait sans cesse. C'était la conversion de Léocade ; il avait trop à cœur de la voir se réaliser pour ne pas en faire l'objet de ses plus ferventes prières. Sur ces entrefaites ce seigneur vint à Bourges, ainsi qu'il l'avait annoncé. Il ne fut pas plus tôt arrivé que saint Ursin s'empressa de se présenter devant lui pour lui rendre ses hommages. Cette première entrevue fut courte : elle se borna à l'échange de quelques paroles empreintes d'une déférence respectueuse et d'une bienveillante affection. Ce n'était là qu'une visite de cérémonie, et, en quelque façon, d'étiquette. Mais, dès le lendemain, il alla le trouver avec quelques pieux fidèles, se proposant un but plus sérieux, et dès lors commencèrent des conférences dont le résultat combla de joie le bon pasteur.

Léocade s'étant fait instruire à fond des vérités de la foi, demanda le baptême, et il le reçut en même temps que le plus jeune de ses fils qui se nommait Lusor. Ce fervent prosélyte ne négligea rien pour procurer à ses vassaux la connaissance du vrai Dieu, et fit de nombreuses largesses pour l'entretien des ministres de la religion sainte dont il était devenu si heureusement la conquête. Il fut ainsi un des plus puissants auxiliaires du saint évêque pour la propagation de l'évangile. Des chrétientés se formèrent dans ses domaines, et des oratoires furent consacrés dans les maisons qui lui appartenaient. De fortes présomptions donnent lieu de croire qu'il s'éloigna des affaires pour vivre dans la retraite à la campagne, comme le pratiquaient alors presque toujours les personnages éminents qui embrassaient la foi. On en pourrait citer de nombreux exemples : il suffira de rappeler celui du consul Flavius Clemens, proche parent de l'empereur Domitien qui le fit mettre à mort (1). C'était pour eux en effet une nécessité de se séquestrer en quelque sorte, ou du moins de se tenir soigneusement à l'écart, parce qu'à presque tous les actes de la vie publique se mêlaient des superstitions païennes auxquelles ils n'auraient pu prendre part sans commettre une espèce d'apostasie.

(1) Suet. in vitâ Domit. xv.

IX.

Le jeune fils de Léocade était mort, avant d'avoir quitté la robe blanche que portaient alors les nouveaux baptisés pendant la semaine qui suivait leur baptême. A peine entré dans l'adolescence, il avait trouvé le port. C'était une tendre fleur que le Seigneur s'était empressé de cueillir ; mais la terre devait en garder longtemps le parfum : doux privilége de l'innocence et de la vertu. C'est sous le nom de saint Ludre qu'il est aujourd'hui connu et honoré. Déols avait été son berceau ; Déols reçut sa dépouille mortelle. Son tombeau s'y voit encore dans l'église paroissiale ; c'est un sarcophage de marbre blanc, placé dans une crypte, à l'entrée du chœur du côté de l'épître. Les archéologues l'admirent comme un des plus beaux restes de sculpture romaine dans le Berry. On croit y reconnaître la description d'une chasse et d'un festin ; ce qui s'accorderait assez avec la tradition populaire qui tient que Léocade possédait les immenses forêts dont tous les environs étaient couverts, et qu'il aimait à venir s'y délasser du soin des affaires publiques. C'est un monument qui de tout temps a été cher à la piété.

Le concours des fidèles au tombeau de saint Ludre est un témoignage toujours subsistant des nombreux miracles qui s'y sont opérés. Nous avons dans saint Grégoire de Tours une preuve de la vénération dont ce tombeau était l'objet au sixième siècle : vénération qui s'est perpétuée à travers les âges, et qui de nos jours se manifeste encore de la manière la plus touchante.

Saint Germain, évêque de Paris(1), était venu visiter la crypte de l'église de Déols pour satisfaire sa dévotion. Cette tombe, devant laquelle il allait prier, était, comme l'observe l'historien, d'un marbre de Paros dont la beauté été relevée par d'admirables sculptures. Mais aux yeux du Saint, ce qui en faisait tout le prix, c'était le trésor qu'elle renfermait. Pendant la durée de son pélerinage, il y passait une partie des nuits, et y chantait les vigiles avec ses clercs, toujours debout, si ce n'est qu'il s'agenouillait au besoin sur un escabeau placé près de lui pour cet usage. Or une nuit qu'il y vaquait à la célébration de l'Office divin, comme le chant des psaumes et des leçons

(1) De gloriâ Conf. XIII.

se prolongeait, quelques clercs fatigués de se tenir constamment debout, ainsi qu'il se pratiquait alors, se laissèrent aller à prendre un peu de repos, en s'accoudant sur le tombeau. Mais aussitôt un tressaillement se fit sentir : le tombeau semblait repousser les profanateurs. Le saint évêque pénétré d'un religieux effroi, interpella les coupables, et leur enjoignit de se relever à l'instant même, en leur reprochant d'avoir commis une grave irrévérence envers le saint. Ils n'eurent pas plutôt changé d'attitude, que le mouvement remarqué cessa tout d'un coup. Ce prodige était un avertissement salutaire pour rappeler à ceux qui l'avaient oublié le respect dû à la sainteté du lieu. C'est une leçon bien propre à confondre la mollesse et la négligence dont on ne donne que trop de preuves en présence de la Majesté Suprême, et dans l'accomplissement des plus saints devoirs.

La chambre (1) où le fils de Léocade avait fait entendre ses premiers vagissements, où il avait passé son plus jeune âge, avait été convertie en un oratoire qui, à la même époque, était l'objet de la dévotion des fidèles. Saint Grégoire qui en parle au même endroit, dit qu'il ne saurait passer sous silence le fait que nous croyons devoir rapporter après lui pour l'édification qu'on en peut tirer. Saint Ludre apparut à un pauvre pendant son sommeil, et lui commanda d'aller balayer et approprier l'oratoire en question. Celui-ci ne tint aucun compte de l'avis. La nuit suivante, même apparition et même recommandation, mais sans plus de résultat. Le pauvre n'avait vu là qu'un rêve renouvelé, ce qui

(1) Ibid.

l'avait empêché d'y attacher aucune importance. Mais malgré l'inutilité d'un double avertissement, le saint lui apparut encore pendant le repos de la nuit. Il le pressa de nouveau d'accomplir l'ordre qu'il lui donnait, et pour l'engager à ne plus différer, il ajouta : Si vous faites ce que je vous dis, vous ne perdrez ni votre temps ni votre peine. Vous serez largement rétribué : une pièce d'or sera votre salaire. Notre homme ne douta plus qu'il n'y eût là quelque chose de surnaturel, et il ne songea plus qu'à obéir au plus vite. Aussi dès le matin, il courut à l'oratoire pour se mettre à l'œuvre. Il eut bientôt balayé toutes les ordures, arrosé le sol, répandu partout des herbes odoriférantes. Sa tâche remplie, il attendait avec confiance le salaire promis, et à son attente se mêlait une sorte de curiosité. Il se demandait comment le Saint s'y prendrait pour s'acquitter, sûr d'ailleurs dans sa foi simple et naïve que, l'ouvrage fait, la paye était immanquable. Tout absorbé dans cette pensée, il tenait l'œil fixe, comme s'il allait voir arriver à lui le précieux métal. Mais enfin son regard s'abaisse : il aperçoit à terre quelque chose qui brille, il y porte la main : c'est une pièce d'or, il la ramasse avec empressement, et s'en va heureux d'une trouvaille qui le met pour longtemps à l'abri du besoin. Car c'était réellement une petite fortune pour lui, presque un trésor, eu égard à la valeur qu'avait alors le numéraire. Il dut reconnaître et bénir, dans la merveilleuse intervention du Saint, l'action toute paternelle de cette providence divine qui veille toujours sur le pauvre, et qui ne l'abandonne jamais au plus fort de la détresse, pourvu qu'il se confie en elle et qu'il espère.

X.

Le tombeau de saint Léocade était vraisemblablement dans la même crypte du côté opposé à celui de saint Ludre. On découvrit en effet dans cet endroit un cercueil en pierre vers le milieu du dix-septième siècle. La découverte en fut de nouveau faite en 1757, et comme à cette dernière époque la voûte était toute en ruines, on retira des décombres les ossements qui furent renfermés dans une caisse et déposés dans un lieu convenable. Mais depuis ces saintes reliques ont été perdues, aussi bien que celles de saint Ludre. Le père et le fils ont toujours été honorés dans le diocèse d'un culte public. La mémoire de ces deux saints doit être d'autant plus chère à nos contrées qu'elle se rattache aux origines mêmes du Christianisme dans le Berry.

C'est grâce à la générosité de Léocade qu'a été primitivement fondée et convenablement dotée l'église inaugurée par saint Ursin dans la principale salle du palais de ce seigneur, église dès lors mise en possession d'un dépôt sacré, et en vertu même de ce dépôt, dédié à saint Etienne dont notre métropole porte encore aujourd'hui le nom glorieux. Les ravages du temps et l'action encore plus destructive des persécutions n'avaient point épargné sans doute ce modeste sanctuaire ; et lorsque la paix eut été rendue à l'Église, sur les ruines mêmes du premier édifice, dont il ne restait peut-être plus alors que quelques vestiges, fut bâtie cette cathédrale dont saint Grégoire de Tours a vanté la magnificence, et qui devait elle-même être remplacée plus tard par une plus grande merveille, la cathédrale actuelle, l'une des plus remarquables sans contredit parmi tous les chefs-d'œuvre de ce genre que les siècles de foi ont légués à notre admiration. Sur le frontispice de ce beau monument est retracée l'histoire du pieux fondateur : les dignes enfants des premiers néophytes avaient à cœur de transmettre ainsi aux générations futures un souvenir qui méritait d'être soigneusement gardé, et qui en effet devait subsister à jamais, pour être parmi nous le sujet d'une éternelle reconnaissance.

XI.

Saint Ursin, s'il faut en croire une ancienne tradition, aurait encore consacré un oratoire en l'honneur de la sainte Vierge, dans un lieu voisin de la cathédrale et appelé Sales ; et ce serait l'origine de l'église de Notre-Dame de Sales, collégiale dont le chapitre a été supprimé un peu avant l'époque de la révolution, et qui, depuis, abandonnée à des usages profanes, sert encore aujourd'hui à la manutention militaire. On ne saurait trop regretter que ce sanctuaire vénéré ait perdu pour toujours son auguste destination. On y conservait deux reliques, qui, dans les jours mauvais, ont disparu comme tant d'autres. La première était la chasuble de saint Ursin, ainsi désignée, parce qu'on croyait communément qu'elle avait été à son usage. Mais il y a tout lieu de penser qu'elle était d'une date beaucoup plus récente, et qu'elle avait servi sans doute à quelque autre saint évêque. Cette antique chasuble en fil couleur de cendre, peut-être blanc d'abord, et dont la teinte rembrunie pouvait être l'effet de la vétusté, était garnie d'un galon de tissu différent, et avait la forme d'un sac très-évasé avec une seule ouverture pour passer la tête. La seconde de ces reliques était la courroie avec laquelle notre Seigneur avait été attaché à la colonne, au moment de la flagellation. Du moins on la donnait comme telle, et l'on prétendait même que c'était saint Ursin qui l'avait apportée. Chaque année, le Vendredi-Saint, elle était exposée à la vénération des fidèles. Quoique cet objet ne fut point en réalité ce qu'on croyait, il se recommandait néanmoins à la piété.

Saint Grégoire de Tours (1) nous apprend que de son temps les pélerins qui allaient vénérer la colonne de la flagellation, portaient des courroies qu'ils y attachaient, et les conservaient ensuite, comme de précieuses reliques qui avaient la vertu d'opérer des guérisons miraculeuses. C'est une de ces courroies provenant de quelque pieux pélerin qui aura été déposée dans cette église, et qui, plus tard, en raison d'hommages reçus de temps immémorial, et de nombreuses faveurs dues à une foi vive, aura passé pour être le lien même qu'avait sanctifié l'attouchement du corps sacré de notre divin Sauveur, tandis que ce n'en était

(1) Mirac. libr. I. Cap. VII.

qu'une imitation, mais une imitation rendue sainte par le contact de la colonne où avait été attachée et meurtrie la chair de l'Homme-Dieu. Les erreurs de ce genre ont été assez communes, mais elles sont sans danger pour la foi, sans préjudice pour la piété. C'est ainsi que pour satisfaire la dévotion, des clous ont été fabriqués sur le modèle de ceux qui avaient servi au crucifiement, et que ces mêmes clous religieusement gardés, après avoir touché aux véritables, ont fini par être confondus avec eux, de telle sorte qu'ils ont été pris pour l'objet même dont ils n'étaient qu'une reproduction fidèle.

XII.

Saint Ursin vécut encore plusieurs années après la conversion de Léocade. Cette conquête lui en facilita beaucoup d'autres, et il eut la consolation de voir chaque jour s'étendre davantage le règne de Jésus-Christ. C'était toujours avec la même force et la même charité qu'il évangélisait les peuples, qu'il paissait le troupeau confié à ses soins; se faisant tout à tous, il amenait les uns à la foi, y affermissait les autres. Pasteur dévoué, apôtre infatigable, il faisait encore face à tous les besoins. Les glaces de la vieillesse ne pouvaient amortir une ardeur qui s'alimentait au foyer du divin amour. Ce feu sacré qui embrâsait son âme, l'empêchait de sentir les défaillances d'un corps usé par l'âge et par le travail, et le vénérable pontife semblait éprouver les merveilleux effets de ce rajeunissement que le psalmiste compare à celui de l'aigle (1), et il arrivait au terme d'une longue course, sans avoir rien perdu de son activité et se trouvant à la fin de la carrière à peu près tel qu'au début.

Cependant l'ouvrier évangélique achevait une journée bien pleine : sa tâche était remplie, et il allait en recevoir le salaire, en entrant dans le repos du Seigneur, dans la joie de son maître. La maladie vint l'avertir que la récompense était proche. Heureuse nouvelle pour l'homme apostolique qui n'avait vécu que pour glorifier son Dieu, et sauver ses frères, et qui n'aspi-

(1) Ps. CII.

rait qu'à voir se dissoudre des liens qui retardaient son union éternelle avec Jésus-Christ.

Mais dans la joie que lui causait la perspective du bonheur dont il allait jouir, il ne pouvait oublier les besoins d'un troupeau qui lui avait coûté tant de labeurs et de sacrifices, et le laisser sans pasteur à la merci des loups ravissants. Ce ne fut pas sans avoir consulté le Seigneur dans la prière, qu'il fixa son choix sur l'un de ses plus zélés coopérateurs. Il lui imposa les mains, et lui ayant donné la consécration épiscopale, il l'investit de son autorité, et le fit reconnaître comme son successeur. Ce digne disciple devait marcher sur les traces de son maître, et continuer son œuvre. Sénitien, c'était son nom, avait déjà fait ses preuves. Ses travaux et ses vertus lui méritèrent le titre de saint; mais, quoiqu'on ait toujours ajouté ce titre à son nom, il ne paraît pas cependant qu'on lui ait jamais rendu un culte public. Saint Ursin, après l'avoir installé, tranquillisé sur l'avenir de son église, s'endormit en paix dans le Seigneur. Ce dut être à la fin du premier ou au commencement du second siècle. La tradition lui donne vingt-sept ans d'apostolat dans le Berry, et fixe sa mort au 29 Décembre.

Il n'est pas étonnant que cette date se soit conservée, tandis qu'on sait à peine approximativement à quel âge et à quelle époque a eu lieu le bienheureux trépas du saint évêque. C'est qu'en effet il était assez généralement d'usage de noter exactement le jour où les serviteurs de Dieu étaient entrés dans la céleste patrie, afin de pouvoir en célébrer tous les ans la mémoire. Ce qui explique pourquoi les inscriptions sur les tombes des martyrs se bornent souvent à indiquer le jour où par une mort glorieuse ils ont conquis la palme de l'immortalité. Aussi de temps immémorial la fête de saint Ursin se faisait le 29 Décembre, et ce n'est que, au dix-huitième siècle, dans la nouvelle liturgie publiée par le cardinal de la Rochefoucaud, que cette fête a été mise au 9 Novembre, qui est le jour de la translation des reliques du Saint, et c'est à ce jour qu'il est nommé dans le Martyrologe romain. Aujourd'hui cette même fête, avec l'approbation de la sacrée Congrégation des rites, se célèbre dans le diocèse, sous le rite double de seconde classe, le dimanche qui suit immédiatement la Toussaint.

XIII.

Comme les lois qui défendaient alors d'inhumer dans l'enceinte des villes n'admettaient aucune exception, le saint Evêque fut porté hors des murs dans le lieu destiné à la sépulture des fidèles. N'était-il pas bien juste qu'il reposât au milieu de ceux qu'il avait instruits, régénérés, sanctifiés ? Il semble que c'est assez gratuitement qu'on a accusé les premiers chrétiens de n'avoir pas honoré, comme ils l'auraient dû, les restes de leur père dans la foi. Croyons plutôt que leur piété ne fut point en défaut. En vérité ce n'est point à eux qu'il faut s'en prendre, quoi qu'en dise saint Grégoire de Tours, si plus tard l'endroit qui recéla les saintes reliques cessa d'être connu, si, avec le temps, on en perdit entièrement la trace et le souvenir. Quand, après plus de quatre siècles, il plut à Dieu de révéler ce dépôt dont on ne soupçonnait plus l'existence, la nature même de la tombe qui le renfermait, indiquait assez la distinction dont il avait été l'objet. Il est évident que ce n'était point ainsi qu'on enterrait le commun des fidèles. Maintenant qu'on tienne compte du temps et des circonstances, qu'on se rappelle les nombreuses vicissitudes résultant des deux siècles de persécutions qui suivirent la mort de saint Ursin ; qu'on se figure la dispersion des chrétiens, l'interruption du ministère sacré, la dévastation et la ruine de tous les monuments religieux, y aura-t-il encore lieu d'être surpris, si après un laps de temps considérable, après de longs et violents orages, il ne restait plus aucun indice qui pût mettre sur la voie du trésor enfoui? N'eût-ce pas été plutôt un prodige qu'il en eût été autrement, et même alors n'eût-il pas fallu une continuation de prodiges pour préserver de toute profanation ce saint corps? On sait assez à quelles indignités les païens se portaient contre des restes vénérés qu'ils auraient voulu anéantir.

Malgré cette longue suite de tourmentes dont l'effet avait dû être fatal, la foi n'avait pas entièrement péri dans la capitale de l'Aquitaine. Il en restait encore quelques étincelles que des temps plus propices devaient ranimer. C'était comme une faible lueur qui ne tarderait point à répandre une vive clarté, grâce aux dignes héritiers du zèle des premiers apôtres, à ces nouveaux ouvriers évangéliques qui, marchant sur les traces de leurs saints prédécesseurs, allaient travailler à la sanctification des peuples, avec non moins de dévouement, et avec un succès plus durable.

Le nom de saint Ursin n'était point tombé dans l'oubli, et sa mémoire avait été religieusement gardée. Il paraît même que, dans les jours mauvais, des mains fidèles avaient pu sauver la précieuse relique dont il avait doté son église. Car au sixième siècle, il était de notoriété publique qu'il y avait dans l'autel de la cathédrale du sang de saint Etienne. C'est ce qu'atteste formellement saint Grégoire de Tours (1) à l'occasion d'un prodige qui fit éclater la vertu de cette sainte relique. Voici le fait qu'il raconte comme s'étant passé sous l'épiscopat de saint Félix, par

(1) Mirac lib. 1. Cap. XXXIII.

conséquent peu d'années avant l'époque où il écrivait :

Un habitant de la ville accusait d'un crime ses voisins, et comme il renouvelait sans cesse ses attaques, qu'il ne leur épargnait ni les injures ni les outrages, qu'il finit même par porter plainte en justice, les magistrats, pour vider le débat et mettre un terme au scandale, ordonnèrent aux accusés de se purger par serment, et les firent à cet effet conduire à la cathédrale. Or, tandis qu'ils prononçaient la formule du serment, la main levée devant l'autel du saint martyr, l'accusateur s'écria qu'ils faisaient un parjure. Mais, à l'instant même, saisi d'un mouvement convulsif, il fut violemment enlevé par les pieds à une grande hauteur, et retomba bientôt sur le pavé où il se brisa la tête. Tous ceux qui étaient présents le crurent mort. Il resta ainsi sans connaissance pendant près de deux heures, et lorsqu'on n'attendait plus que son dernier soupir, il ouvrit tout à coup les yeux, et confessa son crime, déclarant devant tout le monde qu'il avait indignement calomnié ces personnes, qu'elles étaient innocentes, et que lui seul était coupable.

Si saint Ursin était honoré comme le premier évêque de Bourges, il manquait à son culte cette solennité, ce concours, cette dévotion qu'aurait provoqués la possession de ses reliques. Mais ce trésor si longtemps enfoui allait enfin être rendu à la piété des fidèles. C'était une consolation que Dieu avait réservée à l'évêque Probien. Qu'il laisse dans l'oubli les ossements de ses saints, ou qu'il les en tire; qu'il les environne de religieux hommages, ou qu'il en permette la profanation, il a ses vues qui sont toujours adorables. Ces ossements sacrés sont des gages de salut, des instruments de miséricorde, de véritables sauvegardes qu'il donne ou qu'il ôte selon qu'il lui plaît, mais la gloire de ses serviteurs qui participent à la sienne propre, en partage l'immutabilité, et ne se ressent en rien de ces vicissitudes. Quoi qu'il arrive, le Seigneur veille sur ces restes précieux, et il saura bien, au grand jour de la consommation des siècles, en ramasser a poussière éparse pour en faire les corps glorieux destinés à briller de tout l'éclat du soleil dans le royaume de son éternité.

XIV.

Il y avait alors à Bourges (1) un saint abbé nommé Auguste, qui avait été attaché à la maison de saint Désiré, prédécesseur de Probien. Ce digne religieux avait fondé, avec l'assistance des âmes pieuses, un petit monastère de Saint-Martin dans le faubourg de Brives, aujourd'hui le Charlet, et il y avait reçu une grâce signalée. Car à cette époque, il était dans le plus triste état : il avait les bras et les jambes tellement contractés qu'il n'en pouvait faire aucun usage, et ne se traînait que sur les genoux et sur les coudes. Mais à

(1) S. Greg. de Glor. Conf. Cap. LXXX.

peine eût-il mis dans son église des reliques de ce grand saint, qu'il se trouva tout-à-coup délivré de son infirmité, et radicalement guéri. Ce lieu devait lui être bien cher ; il était donc tout naturel qu il ne voulut point l'abandonner entièrement, lorsque saint Désiré le chargea du nouveau monastère de Saint-Symphorien qu'il avait fondé hors des murs de la ville, mais à quelques pas seulement de sa cathédrale. Aussi se contenta-t il d'établir un prieur à Saint-Martin, en se réservant à lui-même le titre et les fonctions d'abbé. La proximité des deux monastères rendait cet arrangement très-praticable : ni l'un ni l'autre ne pouvaient en souffrir.

Auguste était doué d'une éminente vertu. La prière faisait ses plus chères délices ; il s'y appliquait avec une rare ferveur. Le haut degré de sainteté auquel il était parvenu lui valut de précieuses communications de la part du Ciel. Or il arriva que, une nuit, il vit en songe le saint Apôtre du Berry qui lui ordonna de chercher son corps, l'avertissant en même temps qu'il était Ursin le premier évêque de cette ville. Mais, répondit l'abbé, comment m'y prendre pour trouver votre tombeau, ne sachant pas même dans quelle direction il est situé? A quoi aboutiraient des recherches faites au hasard? Saint Ursin le prenant alors par la main, le conduisit dans l'endroit même, et lui montra la place en disant: fouillez sous les ceps de vigne: c'est là qu'il repose. Le premier soin d'Auguste, à son réveil, fut d'aller faire part de cette vision à son évêque. Mais celui-ci n'en tint aucun compte, pensant que ce n'était qu'un simple rêve qui ne méritait point de confiance. Il n'était pas étonnant qu'il n'ajoutât pas foi à une chose qui paraissait si peu vraisemblable. Aussi ne s'en inquiéta-t-il nullement ; et il ne fit pas faire la moindre recherche pour s'assurer de ce qu'il en était, persuadé que c'eût été se donner une peine inutile.

Mais sur ces entrefaites, saint Germain évêque de Paris vint à Bourges, et descendit chez Probien. Le soir, après le souper qui se fit en commun avec les clercs de la maison épiscopale, il se retira dans sa chambre pour prendre quelque repos. Il eut, pendant son sommeil, une vision semblable, et cette vision se renouvela en même temps pour l'abbé. Ursin, dans la vision qui leur était commune, les conduisit tous deux à l'endroit même, et leur enjoignit d'en retirer son corps Le lendemain, ils se trouvèrent dès l'aube du jour, pour les matines, à l'église de Saint-Symphorien, et après l'Office, ils se communiquèrent réciproquement ce qui leur était arrivé pendant la nuit. L'identité de la vision ne leur permit point de douter de sa réalité, et ils ne songèrent plus qu'à déférer à l'avertissement du ciel. Ils s'entendirent en conséquence pour se rendre, la nuit suivante, à l'endroit indiqué, et ils ne se firent accompagner que d'un seul clerc qui portait la lumière. S'étant mis à l'œuvre, ils creusèrent assez avant, et découvrirent enfin le cercueil. En ayant levé le couvercle, ils trouvèrent le corps du saint dans l'attitude d'un homme endormi, et sans aucune marque de corruption. Après l'avoir contemplé avec une pieuse admiration, ils remirent les choses dans le premier état, et s'empressèrent d'aller rendre compte à Probien de l'heureuse découverte qu'ils avaient faite. L'évêque cette fois ne pouvait plus révoquer en doute la réalité de la révélation ; il donna alors ses ordres pour que la translation se fit avec toute la solennité possible.

Tout le clergé régulier et séculier ayant été convoqué à cet effet, on alla processionnellement chercher le saint corps, et on le conduisit dans son cercueil même au chant des psaumes et des cantiques jusqu'à l'église de Saint-Symphorien. Mais il arriva que, à l'entrée, on se trouva embarrassé, parce que la longueur des bâtons du brancard ne permettait pas de faire le détour nécessaire. Alors saint Germain, élevant la voix pria le saint de venir lui-même en aide à ses porteurs, si sa volonté était d'être déposé dans cette église. A l'instant même le cercueil perdant sa pesanteur naturelle, devint tellement léger qu'on put se passer de brancard, et que quelques bras suffirent pour l'introduire dans l'église. On célébra solennellement la messe, et le corps fut déposé près de l'autel. Cette cérémonie qui remplit les fidèles de consolation et de joie, eut lieu le 9 Novembre 558 ; depuis de nombreux miracles ne cessèrent de s'opérer sur cette tombe vénérée : ce qui accrut singulièrement la dévotion des peuples envers le saint apôtre. L'église de Saint-Symphorien prit le nom de saint Ursin, et l'on y transféra encore les reliques de saint Just pour réunir le disciple avec le maître. Auguste ne tarda pas à partager lui-même les honneurs qu'il avait fait rendre au saint pontife. Il mourut vers l'année 560, et fut inhumé dans la même église. Il est vulgairement appelé saint Août, et sa fête se célèbre le 7 Octobre, jour où il est nommé au Martyrologe romain.

XV.

Le corps de saint Ursin était resté renfermé dans son tombeau où l'on continua de le vénérer pendant bien des siècles. Le bienheureux Philippe Berruyer archevêque de Bourges qui avait une grande dévotion pour le saint apôtre dont il occupait si dignement le siége, voulut en donner un témoignage éclatant (1). Il fit ouvrir le cercueil : l'inscription qu'on y trouva ne laissait aucun doute; elle était gravée sur une lame de plomb ; on y lisait textuellement en latin : c'est le corps du bienheureux Ursin premier archevêque de la

(1) Gallia Christ. tom. 2, p. 5 et 68.

ville de Bourges Selon toute apparence, elle remontait à l'époque de la translation, et c'était probablement par les soins mêmes de Probien qu'elle avait été mise dans le tombeau. Les saintes reliques dûment reconnues furent renfermées dans un sac de cuir blanc, et déposées dans une magnifique châsse en argent dont le vénérable prélat avait fait tous les frais. Il fit élever cette châsse sur l'antique sarcophage au-dessus de l'autel, afin qu'elle fut accessible à tous les regards pour satisfaire la piété des fidèles. Cette translation eut lieu le 23 Octobre 1239.

Il s'était écoulé plus de deux siècles, sans qu'on ouvrit la châsse. Or l'église de Lizieux avait alors une singulière prétention (1). Elle soutenait qu'elle était depuis des siècles en possession du corps de

(1) Gallia Christ. tom. 2, pag. 89.

saint Ursin. Ces reliques auraient été miraculeusement apportées en l'année 1055, s'il faut en croire l'inscription qui se lit encore au bas d'un vieux tableau représentant leur entrée solennelle, tableau que l'on conserve dans la paroisse de Saint-Jacques de cette ville. Elle produisait à l'appui plusieurs miracles obtenus par l'intercession du saint. Mais cette prétention, en faveur de laquelle semblait militer quelques titres assez plausibles, ne pouvait être admise à Bourges où l'on avait toujours vénéré la châsse de saint Ursin comme n'ayant jamais cessé de renfermer son précieux dépôt.

Ce qu'il y avait de mieux à faire pour vider le débat, c'était d'ouvrir la châsse, en présence même des délégués du chapitre de Lizieux. Le roi Louis XI fit à cette occasion un voyage à Bourges, et ce fut en sa présence que, le 25

Février 1475 l'Archevêque Jean Cœur, fils de l'illustre argentier de Charles VII, assisté de Jean évêque d'Avranches, confesseur du roi, fit l'ouverture de la châsse devant de nombreux témoins. Il fut juridiquement constaté que rien n'avait été changé, et que tout était identiquement dans le même état. Le procès-verbal dressé par le bienheureux Philippe Berruyer ne laissait aucun doute. L'authenticité des reliques était donc évidente. Bourges avait un trésor qui ne pouvait plus lui être contesté. Aussi cette certitude acquise y causa-t-elle une joie qui donna lieu aux plus touchantes manifestations. Les reliques honorées à Lizieux n'étaient donc point celles du saint évêque. Elles appartenaient probablement à quelque autre saint du même nom. De là

(2) Labbe, nov. Bibl. manusc. tom. 1. pag. 9.

une de ces erreurs qui ont été fort communes au moyen-âge. Les délégués du chapitre de Lisieux, contraints de reconnaître que leur église n'était point fondée dans ses prétentions, s'estimèrent heureux d'obtenir, sur leurs instances, quelques fragments des restes vénérés qu'ils avaient cru posséder jusqu'alors. Il paraît que, deux siècles plus tard, des reliques beaucoup plus considérables furent données à l'église de Lisieux. Elles ont disparu dans la tourmente révolutionnaire avec le magnifique reliquaire qui les renfermait. Mais saint Ursin n'a point cessé d'être honoré à Lisieux. Il est encore aujourd'hui le second patron de l'église paroissiale de saint Pierre qui est l'ancienne cathédrale, et sa fête s'y célèbre avec solennité. Son nom est resté populaire, et on l'invoque avec une confiance qui obtient souvent bien des grâces.

XVI.

Les protestants s'étant rendus maîtres de la ville de Bourges en 1562, se signalèrent, comme ils le faisaient partout alors, par le pillage et la dévastation des lieux saints. De précieuses reliques furent indignement profanées. Des mains sacriléges n'épargnèrent ni saint Guillaume ni la bienheureuse Jeanne de Valois. Mais saint Ursin ne partagea point le même sort : ses restes vénérés purent être sauvés cette fois. Il ne devait pas en être de même à une époque plus désastreuse encore, lorsque pour un temps prévalurent de nouveaux vandales qui semblaient avoir pris à tâche d'abolir à jamais le culte de Dieu et de ses saints. Ce dépôt sacré qui s'était conservé intact à travers tant de siècles et de vicissitudes, fut alors enlevé pour toujours à la vénération des peuples. Ces saintes reliques ont disparu : l'église collégiale dont elles faisaient l'ornement et la gloire, n'existe plus ; la tourmente révolutionnaire a tout emporté, et de l'antique sanctuaire où tant de générations étaient venues s'agenouiller devant la tombe du saint Apôtre, il ne reste plus qu'un souvenir, dans le nom même de la place où il était situé.

Mgr Phelipeaux d'Herbault avait consacré le 21 Décembre 1767 le nouveau maître-autel de la cathédrale, et il y avait renfermé dans une petite boîte de plomb scellée de son sceau des reliques de saint Etienne, de saint Ursin et de saint Austregésile. Cette boîte est demeurée intacte pendant la révolution; Dieu permit qu'il n'y fût point touché, et l'autel conserve encore ce précieux dépôt. L'église de Bourges ne possédait plus du saint Apôtre que cette parcelle providentiellement sauvée : débris unique et d'autant plus cher d'un trésor dont la perte est à jamais regrettable.

Il paraît que, à diverses époques, quelques ossements avaient été extraits de la châsse pour satisfaire à de pieux désirs, et c'est à cette circonstance qu'il faut attribuer une consolation inespérée. Un illustre prélat, aujourd'hui cardinal, Mgr Mathieu archevêque de Besançon, ayant retrouvé une de ces reliques dans une paroisse de son diocèse, en fit don à l'église de Bourges par l'entremise de Mgr de Villèle alors archevêque. Cette relique consiste en

(1) Romelot, descr. Hist. de la cath. pag. 105.

une portion de la machoire du saint apôtre On l'expose à la vénération des fidèles le jour de la fête, et en quelques autres circonstances.

XVII.

Une vie de saint Ursin était encore à faire. Car on ne peut donner ce nom aux quelques lignes qui lui sont consacrées dans la vie des saints de Godescard, et moins encore à ce qu'en a écrit un respectable ecclésiastique dans un opuscule publié en 1828 (1). J'ai tenté cet essai dans le but de rendre le saint apôtre plus populaire, et de raviver dans les cœurs la dévotion dont son culte doit être l'objet. J'ai recueilli à cet effet avec un soin religieux de vénérables traditions dignes de tous les respects, sans négliger aucun

(1) Il a pour titre : *Vies de saint Ursin et de sainte Solange.*

des détails qui m'ont paru de nature à intéresser la piété. Mais je n'ai jamais eu la prétention de faire un livre. Puissé-je avoir réussi à mieux faire connaître saint Ursin, en satisfaisant ma propre dévotion ! ce modeste travail aura obtenu la plus précieuse des récompenses.

TABLE.

BIBLIOTHÈQUE IMPÉRIALE
IMPR.

www.ingramcontent.com/pod-product-compliance
Ingram Content Group UK Ltd.
Pitfield, Milton Keynes, MK11 3LW, UK
UKHW021048200726
13857UKWH00003B/857